星星缀满我的脸

读者丛书编辑组 / 编

读者出版传媒股份有限公司
甘肃人民出版社

甘肃·兰州

图书在版编目（CIP）数据

星星缀满我的脸 / 读者丛书编辑组编. -- 兰州：
甘肃人民出版社，2022.10（2024.4重印）
ISBN 978-7-226-05820-6

Ⅰ. ①星… Ⅱ. ①读… Ⅲ. ①散文集－中国－当代
Ⅳ. ①I267

中国版本图书馆 CIP 数据核字（2022）第 091648 号

出 版 人：刘永升
总 策 划：刘永升　马永强　李树军
项目统筹：宁　恢　高茂林
策划编辑：高茂林
责任编辑：李青立
封面设计：裴媛媛

星星缀满我的脸
XINGXING ZHUIMAN WODE LIAN
读者丛书编辑组　编
甘肃人民出版社出版发行
（730030　兰州市曹家巷1号新闻出版大厦14楼）
三河市嵩川印刷有限公司印刷
开本 710 毫米×1000 毫米　1 / 16　印张15.5　插页 2　字数 194 千
2022年10月第1版　2024年4月第3次印刷
印数：25001~30000
ISBN 978-7-226-05820-6　　定价：39.00 元

目 录
CONTENTS

宇宙的视角

万维钢

　　美国天体物理学家尼尔·德格拉斯·泰森在《给忙碌者的天体物理学》中说，天体物理学带给我们一个"宇宙学视角"。

　　那宇宙学视角意味着什么呢？最根本的一点就是，这个世界不是因为你而存在的。

　　我们生活在地球上，这是多么难得的机缘。一个行星要想有生命存在，就必须有液态水。这就意味着行星不能太冷，也不能太热；这就要求行星的轨道距离恒星不能太近，也不能太远。宇宙中，绝对零度是 -273.15℃，最高温度超过1亿亿亿亿开。只有在0℃~100℃，水才是水。我们的地球正好落在这个区间。而且，地球的大小和密度也正好合适。如果重力太大，就不允许大型动物出现；如果重力太小，什么东西都太轻了，也不行。可是，这么偶然的机缘，整个宇宙中有多少呢？据天文学家估计，仅仅银河系中，类地行星就至少有400亿颗。这就相当于，给古往今来每个曾经活过的地球人都发一颗类地行星，还绰绰有余。

在太阳系里，地球的确是非常特殊的，人类这种高等生物的出现难能可贵。可是放眼宇宙，甚至仅仅是放眼银河系，我们似乎一点儿都不特殊。这个宇宙不可能是专门为了我们而存在的。

所以我们现在有个矛盾：考虑到生命，甚至组成生命的每个粒子出现的概率之小，我们应该觉得自己特别幸运；可是考虑到宇宙之大，我们又觉得自己特别渺小。

那么从宇宙学视角出发，人类该如何自处呢？

纽约市某座博物馆曾经放过一部关于宇宙的穹幕电影。观众沉浸其中，以一个假想的视角，从地球出发，飞出太阳系，再飞出银河系，镜头越拉越远，观众能直观地感受到宇宙之浩瀚，地球之渺小。

某常春藤大学的一位心理学教授，看了这部影片深受震撼，感觉自己实在太渺小了。他就给泰森写信，说他想用这部影片搞个现场观影调查，研究一下"渺小感"。

泰森说："我是专门研究天体物理学的，我整天面对宇宙，可是我并没有'渺小感'，我的感受是跟宇宙连接在一起的，我感觉我很自由。"

在宇宙学视角之下，每个人都是宇宙的一个成员。

我们生命最关键的4个元素——氢、氧、碳和氮，遍布于整个宇宙。这些元素都不是本地生产的，它们来自早期的宇宙，产生于某个大质量恒星，是恒星爆炸才使得它们在宇宙中传播。宇宙非常非常大，但再大，我们每个人跟它都有联系。

如果我们永远都不可能访问宇宙的绝大部分，那么遥远星系的存在对我们有什么意义呢？

　　泰森说，就像你观察小孩，小孩总是把身边的一点小事儿当成天大的事儿。他们以自己为中心，因为他们经验太少，不知道世界上有比这些大得多的事儿。

　　那我们作为大人，是不是也有同样幼稚的想法呢？我们是不是也会不自觉地认为世界应该绕着自己转呢？别人跟你想法不同，你就要打击对方；别人跟你观点不一样，你就想控制对方。如果你有一点宇宙学视角，你可能就会觉得人跟人的区别不但不是坏事，反而还值得珍视。

　　探索宇宙可能会给我们带来一些实际的物质好处，也可能纯粹是因为有趣。但是探索宇宙还有一个功能，就是让我们把眼光放得更长远。

　　如果只看到自己这一亩三分地，慢慢地，你就会认为世界就应该绕着你转，你一定会变得无知和自大。愿意向外探索，是一种谦卑的美德。

（摘自《读者》2019年第17期）

爱因斯坦的人生"相对论"

李武祥

"大""小"论：没有边界，只有探索

爱因斯坦科学研究的领域，小到量子，大至宇宙。天地之间，他如一束光，将思想的光芒深入浩瀚的宇宙和微小的量子，照亮了物理学探索的前行之路。

时间和空间，我们每一个人每时每刻都在面对，对一般人而言，从不需要为时间和空间问题操心，但爱因斯坦不一样。他对时空的兴趣自小而生，终生探求，乐此不疲。还在四五岁的时候，爱因斯坦卧病在床，爸爸给了他一个罗盘。罗盘上的小磁针竟然听任一种看不见的东西（地磁）摆布，这与平日里通过接触而起作用的力学方法完全不同，这种神秘的

力量让爱因斯坦激动得浑身颤抖。后来，爱因斯坦终生致力于用场论来描述自然。引力是时空结构的弯曲，"一只瞎眼的甲虫在弯曲的树枝表面爬行，它没有发现它爬过的路径是弯的"。基于"引力会使光线弯曲"这个概念，他预言了从遥远恒星发出的光经过太阳附近的强引力场时弯曲的程度。追赶一束光会是什么样子？1895年，年仅16岁的爱因斯坦就在想象如果自己与一束光并肩前行，会发生什么情况。10年以后，他以研究论文回答了自己的提问，成为一名真正的"光束骑士"。

"非""常"论：蔑视权威，敬畏规律

爱因斯坦的卓越之处在于他是一个孤独者、反叛者和不循规蹈矩的思想者。他对自然规律充满敬畏，但面对权威，犹如逆道而行者，显得那么反叛；他深切关怀人类，相对热闹的世俗者，他显得那么孤独。在"非""常"之间，他如一个神，缔造了科学史上一个划时代的神话。

在爱因斯坦的个性中，也许最重要的是他不愿意屈从权威。他最大的思想激励来自一个学医的学生塔尔穆德。这个"家庭教师"带给10岁的爱因斯坦一套配有插图的《自然科学大众丛书》、一本几何学教科书，并向他推荐康德，介绍哲学。这套由21本小书组成的丛书是亚伦·伯恩斯坦写的。"这套书我是目不转睛一口气读完的。"与自然科学和哲学的亲密接触，培养了爱因斯坦对一切形式的教条和权威的反感。"盲目地迷信权威是真理的最大敌人。""一个人只有在年轻时才能发明真正新颖的东西。后来他越来越有经验，越来越著名——但思想越来越僵化。"爱因斯坦后来还发表了一条极有启发性的言论："为了惩罚我对权威的蔑视，命运把我自己变成一个权威。"

对于任何可能束缚其自由的事情，爱因斯坦都退避三舍。他是冷漠超然与渴望友谊的矛盾体，他的超然态度甚至反映在他的婚姻和爱情上。一旦担心可能失去某些自由，他就竖起盾牌。"我实在是一个孤独的过客，我从未全心全意地属于我的国家、我的家庭、我的朋友，甚至我最亲近的人。"他的朋友评价，他不会真正受到伤害，他的生活充满了淡淡的愉快和冷冷的情感，他的温文友善完全是不带感情的，这些东西似乎来自另一个星球。

但这一切并不妨碍爱因斯坦对人类的关怀，这种关怀集中体现在他的和平主义思想和行动中。20世纪40年代末，他为倡导建设一个全世界统一的政府组织、有效控制核武器而不遗余力，堪称一个"世界公民"。当他越来越看到国际化和控制核武器的努力行将失败时，有人问他下一次世界大战会是什么样子，他回答道："我不知道第三次世界大战会用什么武器，但我知道第四次世界大战肯定是用——石头！"晚年，他更加热情地扶持年轻人："我认为上了年纪的人已经没有什么可以失去的，他们应当站出来为受到更多约束的年轻人说话。"

"动""静"论：若想平衡，唯有运动

爱因斯坦既不单调无趣，亦非性格保守的学究，而是一个精力充沛、魅力十足的人。他风流倜傥，卓尔不群，神采奕奕，风趣幽默，有一头乱蓬蓬的头发，打扮不拘小节，常常妙语连珠。他在1930年2月5日致小儿子爱德华的信中说："生活就像骑自行车，要想保持平衡，就要不断运动。"

在动与静之间，爱因斯坦如一个轮子，在不停歇的运动中保持了思

想和生命的平衡。爱因斯坦的基本信条是，自由是创造性的源泉。爱因斯坦终生都保有孩童般的直觉和敬畏，从未对自然现象的魔力失去好奇，这使他的思想永远处于探索探究之中。与一般科学家从具体至抽象的思维路径不同，他的科学成就很多源于他的天才思想，从"思想试验"起步。"我并没有什么特别的天赋，只是极为好奇罢了。"在爱因斯坦看来，好奇心的最大价值，在于它创造了可以进行质疑的心灵，使得我们能够欣赏宇宙。"我们生来就面对着许多伟大的奥秘，在它们面前，我们永远都是一些好奇的孩童。"

在工作和兴趣之间，爱因斯坦也保持着优雅的平衡。他是一个天才的小提琴演奏家："莫扎特的音乐是如此纯净甜美，在我看来，它映衬出宇宙的内在之美。"对爱因斯坦来说，音乐不仅仅是消遣，而且可以帮助思考。在因个人事务陷入困境时，科学和艺术成了爱因斯坦的慰藉，"因为它使我从泪水的苦海中无怨无悔地升至宁静之地"。科学和艺术所带来的愉悦使他从痛苦的个人感情中解脱出来："把人们引向艺术和科学的最强烈的动机之一，是要逃避日常生活中令人厌恶的粗俗和使人绝望的沉闷。"1930年12月爱因斯坦重访美国，参观纽约河边的教堂时，教堂将一尊爱因斯坦的全身石像与其他12位大思想家并列，爱因斯坦问："在所有这些历史人物中，我是唯一在世的人吗？"在得到肯定答复后，爱因斯坦说："那么在我的余生中，我一定要非常注意我的言行。"

在罹患动脉瘤之后，面对手术与否，爱因斯坦平静而超然："人为地延长生命是索然无味的，我已经尽了我的责任，是该走的时候了。我会走得很体面。"1955年4月18日，动脉瘤破裂，76岁的爱因斯坦离开了这个世界。按照他的遗嘱，当天下午即火化，并将骨灰撒入特拉华河，以免他最后的安息之地成为众人膜拜的场所。他就像一个普通的人，哭闹着来，安静地去，静静地守护着这个星球，牵动着后人的思念，就像探测到引力波时引发的喧嚣，人们自然而然想起他，并向他致敬。

（摘自《读者》2018年第23期）

莱特兄弟的思维突破

王　昱

　　若说这世界上有什么创业故事听起来最为神乎其技，也许非莱特兄弟发明的飞机莫属。1903年12月17日，莱特兄弟制造的第一架飞机"飞行者1号"在美国北卡罗来纳州试飞成功。从这一天起，人类正式进入航空时代，而莱特兄弟也随着这次成功永载史册。

　　之所以说这个故事神奇，是因为莱特兄弟的身份与他们达成的目标之间差距实在太大。两个人并非那个时代最顶尖的科技工作者，事实上，他们只上到高中毕业就回家创业，靠修自行车谋生。虽然那个年代教育尚未像今日般普及，高中文凭也很难得，而修自行车在当时也算"高新技术"，但这俩人的身份还是跟开飞机上天差得太远了。

　　很多励志书籍在谈到莱特兄弟时，总喜欢大谈他们怎样从小立志发明飞机，后来又如何潜心研究，付出了多少心血和汗水，终于修成正果。

然而，如果细读史料，你会发现，相比于同时代的其他探索者，莱特兄弟并不十分努力。恰恰相反，他们其实是很偷懒的一对探索者：从1899年正式着手第一架模型机的制造，到1903年一飞冲天，仅仅花了不到5年时间，进行了几百次试飞就成功了。

这个速度实在令他们的竞争者汗颜。要知道，在整个19世纪后半叶，发明比空气重且自带动力的飞行器可是个热门项目，多少人豁出毕生的时间、精力、金钱，甚至以生命为代价都未成功。比如德国航天先驱奥托·李林塔尔，一生中搞了3000多次飞行实验，还在最后一次飞行实验中因飞机坠落而摔断脊柱，为自己的理想献出了生命。连这样拼命的人都搞不出飞机来，很多科学家都对这事基本死心了。就在莱特兄弟成功试飞前一个半月，当时的科学泰斗西蒙·纽科姆直接发文断言：任何重于空气的机械都不可能飞起来，即便能够成功起飞，也无法解决着陆问题。

那么，为什么偏偏是莱特兄弟这两个身份既不出众，也不比其他探索者更努力的人最先发明了飞机呢？这里面其实藏着一个至关重要的思维突破。事实上，在莱特兄弟之前，发明家这个行当与科学的结合并不如人们想象的那般紧密。比如著名的发明家爱迪生，他一生中的大多数发明其实都是靠频繁实验、"草垛寻针"的方式获得的。这种思路在飞机的发明上也是如此，前面提到的航天先驱李林塔尔，直到人生的最后10年才开始系统研究空气动力学，并对自己的飞机做相应改进，而更多的探索者压根儿不懂什么动力学知识，只是凭经验和想象搞出一台飞行器就想上天，很多人第一次试飞时就摔死了。

与这些蛮干的同行相比，莱特兄弟在着手设计飞机前，先是认真研读了19世纪初空气动力学之父乔治·凯利爵士的理论，在彻底弄懂之后，再基于该理论着手设计飞机。所以，你会发现一个很有趣的现象——莱特兄弟的飞机是同时代所有设计中最不像鸟的。正是这种基于客观理论而非主观臆想的设计思路，让他们从一开始就超越了绝大多数同行。

更了不起的是，即便有了这样靠谱的设计，莱特兄弟依然没有草率地试飞：他们十分超前地想到了先打造一个风洞，并在其中进行了上千次的实验，在风洞实验成熟后，才在自然环境下试飞。这个思路又为他们节省了时间，并且大大降低了风险。

莱特兄弟的成功是很多"心灵鸡汤"喜欢引用的故事，人们喜欢强调他们的勤奋、勇敢、拼搏，但事实上，这些品格是同时代所有航天先驱的共性。决定莱特兄弟成功的关键，其实是那些常为人所忽视的"小品格"：勤奋之前的理性、勇敢之前的谨慎、拼搏之中的勤于思考。

（摘自《读者》2018年第5期）

先开始再说

张佳玮

"乘兴而行"的故事，许多人都知道。

王徽之在山阴，冬夜见大雪，酌酒，看四处皎然，彷徨，咏左思《招隐诗》。他想起戴逵在剡，连夜坐小船去见，天亮到门前了，转身回家，曰："吾本乘兴而行，兴尽而返，何必见戴？"

这事听上去，像苏轼夜游承天寺的翻转版，"元丰六年十月十二日夜，解衣欲睡，月色入户，欣然起行。念无与乐者，遂至承天寺寻张怀民，造门不前而返，曰：'吾本乘兴而行，兴尽而返，何必见张？'"人们总感觉这不像苏轼做的事。

且说王徽之这么做，被《世说新语》列入"任诞"，意思是任性放纵。的确，他的心情不难理解，人做事，三分钟热度，也许天寒下雪，一路坐船赶去时已经不爽，到门前，耐心用完了。但大多数人，哪怕耐心用完了，总会寻思，来都来了，于是顺便见一见戴逵。

王徽之就是不在意这"来都来了"。这一夜的沉没成本不要了，走。他是能割舍得下的人。

《世说新语》的另一个故事，也说王徽之很舍得下。他弟弟王献之过世，王徽之就将王献之的琴摔了，是谓"人琴俱亡"。

普通人的心中，为什么会有诸多舍不下的东西呢？经济学家会念叨沉没成本，来都来了，已经为此付出了，总得有始有终吧。

但许多人未必有这么理性的经济学头脑吧？！ 1927年，布鲁玛·蔡格尼克指出，相对于已完成的工作，人比较容易在意未完成的、被打断的工作。这也就是所谓的蔡格尼克效应。

比如苏轼去访张怀民看月亮，这事完成了，大家觉得理所当然；王徽之雪夜访戴逵，没完成就回去了，大家就觉得有些怪。

所以电视连续剧要告诉你未完待续，评书的章回之间会有"欲知后事如何，且听下回分解"。未尽未完之事，总能惹人情肠，这算是人的普遍心理。

故此才显得王徽之真是舍得，真是狠得下心。

乐毅离开燕国后，写了著名的书信："臣闻善作者不必善成，善始者不必善终。"但他这话其实也是事后的说辞了，毕竟，他也是被燕王的猜忌逼走的。

这种心理，自然也有积极的用途。

威廉·福克纳和雷蒙德·钱德勒都表达过类似的意思：他们偶尔会先构思好一部小说的结尾，然后编织情节，看故事如何到达这个结尾。这样写起来很有动力。

尼尔·盖曼说他写作的诀窍："写，写完一个，持续写。"

吉恩·沃尔夫更干脆："开始写下一个！"

别再思前想后，先开始了再说。

除非你恰好是王徽之那样的性情，否则，"未完成"的心理会一直啮咬你，让你自己继续下去。

先开始再说。

（摘自《读者》2020年第1期）

自律的人

狄 青

　　村上春树从30岁开始跑步，从此就喜欢上跑步。每天不跑够10公里他绝不打道回府，并给自己规定哪天只跑步，而哪天又跑步又游泳（游泳一定游够1.5公里）。他参加了许多重要的马拉松比赛。如果感觉身体不错，他就跑"全马"；感觉一般，就跑"半马"。他成为跑步里程最长的作家。

　　村上春树还是著名的品酒师，他喜欢喝有年份的红酒。有统计表明，红酒、威士忌以及小黄瓜沙拉在他的作品中出现次数最多。苏格兰人显然要感谢村上春树，因为很多人就是读了《如果我们的语言是威士忌》一文而来到单一麦芽威士忌的发源地苏格兰艾莱岛的。可村上春树从不酗酒，他有定量，绝不超量，哪怕与他喝酒的是他最好的朋友。

　　村上春树数十年早睡早起，不主动与陌生人说话，再好的朋友劝他，他也坚决不吃一口"油大盐多"的食物，喜欢美丽女性却从不主动搭讪，以保持绅士风度。更令人意外的是，村上春树所有的衣服都是自己买的，从袜子、手绢到衬衣、外衣，自己手洗衬衣、熨衣服，去什么场合穿什么衣服，从不混淆。村上春树说："那是对他人的尊重，也是对自己的尊重。"

村上春树25岁时与妻子一起经营音乐酒吧，家藏两万张左右黑胶唱片以及数不清的CD，还写过3本与音乐有关的书，分别是《爵士乐群英谱》两册，以及《没有意义就没有摇摆》。他听音乐的时候，即使身边没人也一定会正襟危坐。我想这就是慎独吧。《礼记·中庸》曰："君子戒慎乎其所不睹，恐惧乎其所不闻。莫见乎隐，莫显乎微，故君子慎其独也。"意思是说，最隐蔽的东西最能体现一个人的品质，透过最微小的东西最能看出一个人的灵魂，有德行的人独处时，也不会做违规逾矩的事。

托尔斯泰说得好："只要你从年轻的时候就习惯于让肉体的人服从灵魂的人，你就会很轻易地克制自己的欲望；而习惯于克制自己欲望的人，在现实生活中就会轻松而快乐……谁最有智慧？是以人人为师的人。谁最富有？是对自己所拥有的感到满足的人。谁最强大？是善于克制自己的人。"深以为然。

（摘自《读者》2021年第3期）

只需努力，无问西东

李 玥

　　王子安永远忘不了那个下午，盲人学校的老师用很平静的语调，向这群有视力障碍的少年宣告："好好学习盲人按摩，这是你们今后唯一的出路。"

　　"怎么可能？！"

　　这个双目失明的男孩觉得自己突然"被推进无底的深渊"。

　　在盲人学校的楼道里来回走了许多圈后，10岁的他决定和命运打个赌，用音乐为自己找条出路。

　　2017年12月，凭着出色的中提琴演奏，18岁的王子安收到了英国皇家伯明翰音乐学院的录取通知书。他将于2018年9月前往这所世界知名的音乐学府。眼下，他正在加紧学习英语。

　　再把时间拉回到王子安10岁的那一天，从盲人学校回家后，这个男孩

"惊诧又愤怒"地向父亲描述在学校的经历。

"你拥有选择的权利，没有什么是你做不到的。"父亲表情严肃，提高了声调。

王子安4岁时，父亲就说过同样的话。那时，只有微弱光感的王子安拥有一辆四轮自行车。父亲握住他的手，带他认识自行车的龙头、座椅、踏板。王子安最喜欢从陡坡上飞驰而下，他甚至尝试过骑两轮车，但有一次栽进了半米深的池塘。

从5岁开始，用双手弹奏钢琴，是他最幸福的事。88个黑白键刻进了他的脑子里，他随时想象着自己在弹琴。遇到"难啃"的曲子，老师就抓住他的小手在琴键上反复敲击。指尖磨破了皮，往外渗血，他痛得想哭。

"看不见怎么了？我的人生一样充满可能。"王子安用手摩挲着黑白琴键，使出全部力气按下一组和弦。

他有一双白净、瘦长的手，握起来很有力量。他从不抗拒学习按摩，只是他讨厌耳边不断重复的声音："按摩是盲人唯一的出路。"

在父母为他营造的氛围里，王子安觉得自己是个再正常不过的小孩。他和别的小朋友打架，也和他们一样坐地铁、看电影、逛公园。即使被别人骂"瞎子"、被推倒在地，他也只是拍拍身上的土，心里想"瞎子可是很厉害的"。

2012年，王子安尝试参加音乐院校的考试，榜上无名。不过，他的考场表现吸引了中提琴主考官侯东蕾老师的注意。

"音乐对你来说意味着什么？"面试时，侯东蕾问王子安。

"生命！"

这个考生高高扬起头，不假思索，给出了最与众不同的回答。

半年后，侯东蕾辗转联系到王子安的父亲，说自己一直在寻找这个有灵气的孩子，希望做他的音乐老师。

这位老师忘不了王子安双手落在黑白琴键上，闭着眼睛让音符流淌的场景，这是爱乐之人才有的模样。

听从侯东蕾老师的建议，王子安改学中提琴。弦乐难在音准，盲人敏锐的听觉反而是优势。

老师告诉他的弟子，音乐面前，人人平等，只需要用你的手去表达你的心。

但这个13岁才第一次拿起中提琴的孩子，仅仅是站立，都会前后摇晃，无法保持身体平衡——当一个人闭上眼睛，空间感会消失，身体的平衡感会减弱。为了练习架琴的姿势，王子安常常左手举着琴，抵在肩膀上好几个小时，"骨头都要压断了"。

最开始，他连弓都拉不直。侯东蕾就花费两三倍的时间，握住他的手，带他一遍遍游走在琴弦上。

许多节课，老师大汗淋漓，王子安抹着眼泪。侯东蕾撂下一句："吃不了这份苦，就别走这条路。"

母亲把棉签一根根竖着黏在弦上，排成一条宽约3厘米的"通道"。一旦碰到"通道"两边的棉签，王子安就知道自己没有拉成一条直线。3个月后，他终于把弓拉直了。而视力正常的学生，通常1个月就能做到。

但他进步神速。6个月时间，他就从中提琴的一级跳到了九级。

学习中提琴之后，他换过4把琴，拉断过几十根弦。他调动强大的记忆力背谱子，一首长约十几分钟的曲子，他通常两三天就能拿下。每次上课，他都全程录音，不管吃饭还是睡前，他总是一遍一遍地听。好几次他拉着琴睡着了，差点儿摔倒。

奋斗的激情，来自王子安的阳光心态。这个眼前总是一片漆黑的年轻人，从不强调"我看不见"。他自如地使用"看"这个字，"用手摸，用鼻子闻，用耳朵听，都是我'看'的方式"。

他也不信别人说的"你只能看到黑色"，他对色彩有自己的理解：红色是刺眼的光；蓝色是大海，是水穿过手指的冰凉；绿色是树叶，密密的，有甘蔗汁的清甜味。

他学会了自己坐公交车从盲人学校回家，通过沿途的味道，判断车开到了哪里——飘着香料味的是米粉店，混着大葱和肉香的是包子铺，水果市场依照时令充满不同的果香。

在车上，他循着声音就能找到空座位。他熟悉车子的每一个转弯，不用听报站，就能准确判断下车时间。

"人尽其才，有那么难吗？"

在"看"电影《无问西东》时，他安慰自己"只需努力，无问西东"。同时，他忍不住想象自己遇见梅贻琦校长，然后被他录取。

在第三次报考音乐院校失败后，母亲发现平日里看上去没心没肺的儿子，会找个角落悄悄地哭。

有人劝这家人放弃："与其把钱打水漂，还不如留着给王子安养老。"

也有人建议王子安乖乖学习盲人按摩，毕竟盲人学校的就业率是100%。

在共青团主办的广州市第二少年宫，王子安得到很多安慰。当报考音乐院校失败时，这里的同学们会握住王子安的手，拍拍他的肩，或者什么话也不说，只是静静地陪他练琴。

广州市第二少年宫有一个由普通孩子和特殊孩子组成的融合艺术团，97人中70%是特殊孩子。这是基于一种教育理念：让智力障碍、视力障碍、肢体障碍等有特殊需要的孩子与普通孩子在同一课堂学习，强调每个人都有优势和劣势。

在融合艺术团，王子安和他的伙伴登上过广州著名的星海音乐厅，也曾受邀去美国、加拿大、瑞士、法国等国家演出。他们中，有人声音高，有人声音低，但不妨碍每个人平等地享受音乐带来的快乐。

"虽然我看不见这个世界，但我要让世界看见我的奋斗。"在一次赴异国演出的途中，吹着太平洋的风，王子安挥动帽子，高声喊着。

2017年11月的那天，王子安站在英国皇家伯明翰音乐学院的考官面前。他特意用啫喱抓了抓头发，穿着母亲为他准备的黑色衬衫和裤子。他用半个小时，拉完了准备好的4首曲子。

"虽然这不是最后的决定，"面试官迫不及待地把评语读给他听，"因为你出众的表现，我会为你争取最好的奖学金。"

"我赢了。"灿烂的阳光下，他在心里放声大笑。

（摘自《读者》2018年第10期）

天才也要打草稿

张佳玮

罗浮宫举办过一个名为"拉斐尔的最后几年"的展览，凡是他们能搬得动的作品都送来展览了。以我所见，看这个展览有两件事令人鼓舞：其一，因为作品齐全，易于对比。哪怕拿外行人的眼光看，你也能发现，拉斐尔25岁时的画，就是不如33岁时的圆润活泛——也就是说，这么大的人物，也是一点一点进步，而非从娘胎里出来就会画且画得很好的。

其二，展览里展出了他的一些草稿。你会发现：拉斐尔那些被艺术史家齐赞为圆润、完美、轻盈不着力、信手拈来的神作，也都是有草稿的。实际上，拉斐尔的草稿和如今每一个艺校学生的一样，有叠笔，有勾勒，有许多不确定的试探定型，也缭乱，也杂散。总之，即便很好看的草稿，终究还是草稿。

这就像你去一户人家吃饭，主妇端上一盆红香浓辣的毛血旺，你去厨房看时，却见厨房里一尘不染，你都怀疑这是仙女的手艺，是有田螺姑娘了——光看画，拉斐尔就是这样的存在，令人惊为天人。但看他的草稿，就像是看到一个没打扫过的厨房现场。你会恍然大悟：噢，虽然说还是非普通人所能想象的天才，但他老人家毕竟也和凡人一样，要打草稿啊！

人人都爱天才，因为这个词美妙清丽，有如神赐。但大多数时候，每个一朝成仙的传奇人物，都曾默默面壁打坐，渡尽劫难。就像天才们最后回顾各自的传奇人生时，并不总会提起他们不朽作品背后，那些供他们拾级而上的堆山填海般的草稿纸。

（摘自《读者》2017年第9期）

人生的契机和姿态

卞毓方

命运的转折，常取决于外界一个微小的引诱或刺激。

譬如说陈省身。小时候，父亲在杭州工作，他跟着祖母待在老家嘉兴。有一年，父亲返家过春节，给他带了一套礼物，是当时流行于新式学堂的《笔算数学》，分上、中、下三册，是美国传教士狄考文和中国学者邹立文合编的。还家当日，父亲觉得儿子还小，仅仅给他粗略讲了讲阿拉伯数字和数学算法。谁知陈省身一听就爱上了，他私下里慢慢啃，越啃越有兴趣，没过几日，居然把三册书啃完，并且做出了其中大部分习题。陈省身无意中闯进了数学的殿堂。

譬如说钱学森。初中阶段，一次课余聊天，有个同学说："你们知不知道20世纪有两位伟人，一个是爱因斯坦，一个是列宁？"众人闻所未闻，面面相觑。20世纪20年代初，国内信息传播相当滞后，爱因斯坦的相对论虽然问世10多年，列宁领导的十月革命也已过去了五六年，但他俩的大名和事迹还没有广为人知。见状，那个同学侃侃而谈，他说："爱因斯坦是位科学巨匠，列宁是位革命巨匠。学校图书馆有关于他俩的书。"钱学森听得心痒，就从图书馆借了一本爱因斯坦的《狭义与广义相对论浅说》，内容似懂非懂，心扉却轰然洞开，他看到了身外有宇宙，宇宙有无穷奥秘。正是从那时起，他思想的触角，开始试探太空的广阔与自由。

由陈省身、钱学森又想到侯仁之，他们仨同龄，都是1911年出生，但是后者的起步阶段，远没有前两位幸运。侯仁之幼时孱弱，也没大病，就是弱不禁风，碰一碰就倒的样子。他就读的博文中学是一所教会学校，体育风气浓厚，各种项目之中，篮球尤为大家喜爱。班班有篮球队，经常举行班际比赛。侯仁之也想上场一试身手。一天，他壮着胆子找到本班的篮球队队长，说出了自己的心愿。队长看看他，矮、瘦，而且黄，一副病恹恹的样子，岂能硬碰硬地打篮球？队长摇头，断然拒绝。其实，不要说班代表队，就是本班同学玩球，大伙分成两拨，哪一拨都不要他。侯仁之被孤立在篮球运动之外。他感到绝望，由绝望中又生发出豪气：既然玩不了球，我就练跑步——跑步，是不要别人恩准的。从此，每天下了晚自习，他就围着操场，一圈又一圈地跑。他坚持了整整一个冬天，风雨无阻。转过年来，学校举行春季运动会，体育委员找到他，说："侯仁之，你参加1500米赛跑吧，怎么样？"侯仁之感到突然，他说："我可从来没有参加过比赛呀。"体育委员说："你行，你肯定行，我看见你天天晚上练来着。"侯仁之于是硬着头皮报了1500米赛跑。比赛开始，发令枪一响，侯仁之就拼命往前冲，跑过一圈又一圈，转弯的时候挺纳闷：怎么旁边一个人也没有？回头一看，哈，所有的人都被他甩得老远！侯仁之轻而易举地获得了冠军。

　　人生是一场马拉松，各有各的跑法。仍拿陈省身作例，他的"跑"，就是玩。陈省身不爱体育，中学时，百米成绩居然在20秒开外，比女生跑得还慢。但是，他懂得玩。他的玩，不是外在的，而是内向的，他玩数学、玩化学、玩植物学、玩围棋、玩一切他喜欢的功课和项目——他是同知识玩，同自己的心智玩。钱学森读的是北京师大附中，受到的是全面发展的教育，他喜欢体育运动，更喜欢数学、音乐和美术。若干年后，他曾向加州理工学院的一位同事表示：根据定义，一则数学难题的解答，具体呈现就是美。因此也可以说，钱学森的"跑法"，就是追求美。

　　说到侯仁之，他的人生姿态，绝对是长跑。体弱多病和长跑健将，这两者很难令人产生联想，但是，侯仁之把它们串联在一起了。起初是出于无奈，跑着跑着，事情就发生了质的变化。跑步不仅使侯仁之告别羸弱，赢得健康，而且成了他生活的动力、奋发的标志、人格的象征。

　　侯仁之从博文中学一路跑进燕京大学，从本科生一路跑到研究生，跑到留校当教师。他名下的5000米校纪录，一直保持了10多年，直到1954年，才为北京大学的后生打破（1952年燕大并入北大）。侯仁之先生的影集里，保留有在燕大长跑时的雄姿，其中一幅注明是"终点冲刺"，照片上的他赤膊上阵，精神抖擞，一马当先。

　　顺便说一说，陈省身以玩的姿态，一路跑到93岁；钱学森在追求美的路上，跑进了98岁；侯仁之呢，长跑进了102岁。

（摘自《读者》2016年第15期）

多走一步

曲家瑞

有一次，我去师大夜市吃东西，等餐的时候和同桌的一个男生聊了起来，他告诉我，他是另一所大学的毕业生。

"你不是师大的学生，怎么会跑到这里来呢？"

"我来这里游泳。"男生说。

"你已经毕业了，以后打算做什么呢？"我找话题随便聊聊。

"我要去苏格兰念数学博士。"他的脸上露出自信的笑容。

"怎么会想到去苏格兰念博士？"我好奇地问。

"我拿到了全额奖学金。"男生回答。

"哇，真厉害！"

"我其实连哈佛和耶鲁都申请到了，但是因为只有苏格兰的学校给了我全额奖学金，所以我选择去苏格兰。"

"你是做什么研究的？"

"数学运算。"

"可你能拿到奖学金，肯定很厉害啊！"

"全世界懂数学运算的人太多了，你知道他们为什么要发奖学金给我吗？"男生笑了笑，告诉我一个诀窍，"因为我事先做了功课。申请学校的时候，我查了资料，得知下一届奥运会在伦敦举办，还查到奥运村就在我想申请的那所学校，所以我做了一个提案，内容是帮助他们的国家游泳代表队做数学运算，推测在不同条件下游泳选手的表现数据。"

"这样做真的有帮助吗？"

"有啊，例如我可以帮他们计算游泳选手穿什么材质的泳衣在水中的阻力最小，可以计算出不同的选手每分每秒的差距是多少，还包括不同的选手穿不同材质的泳衣会有什么样的差别。我推算出极为精准的数字，这些可能成为决定选手获胜的关键。"他告诉我，因为他热爱数学，也喜欢游泳，所以才会想出这个提案。

这个提案打动了苏格兰的学校，学校不但通过了他的博士申请，还愿意提供全额奖学金。

"即使是申请学校，也要多用点脑子，如果只是写贵校有多好，自己很想成为其中的一员，很难在那么多申请人中脱颖而出。我觉得应该反过来想一想：学校为什么要收你？你能为学校贡献什么？我攻读的数学运算是十分精细的学科，就算今年无法帮他们的选手夺得优胜，下一届奥运会也有机会，所以这对他们来说很重要。"

很多时候，我们都以为成功的人是因为特别幸运，或是因为占有较多的资源，所以可以取得傲人的成绩。实际上，要想在众多精英中脱颖而出，必须比别人多想一步，而多想的这一步往往是一个人最后能够胜出、成就目标的关键。

（摘自《读者》2016年第16期）

让伤疤微疼

王　纯

　　去朋友家做客，发现他的书桌上有一个小记事本，封面上写着"让伤疤微疼"。

　　打开本子，上面写着：某年某月某日，做了个小手术，虽然不是大毛病，但要记得，是该储蓄健康的时候了，伤疤好了，别忘了疼。某年某月某日，工作失误，第一次犯这样的低级错误，主要原因是马虎，同样的错误不能犯第二次。某年某月某日，母亲突然晕倒，到医院检查是血压高，多关注老人的身体，千万不能忽略了，爱可能会来不及……诸如此类，都是生活中遇到的一些问题，提醒自己一定要警醒，所以他说"让伤疤微疼"。

　　我不由得被朋友的良苦用心打动了。

　　想起我的一个表舅，事业蒸蒸日上，加班加点是常有的事，突然有一天就脑出血了。在医院接受治疗时，他叹着气说："人啊，真没必要拼死拼活地干。身外之物，生不带来，死不带去，只有身体和健康是自己的。"大家也都劝他，保重身体，少挣点钱没关系，他点头答应。

刚出院的时候，表舅的手脚还不利落，在家休养，养花种菜，过得也很开心，大家都以为他想开了。没过多久，有一笔大生意来了，他竟不顾家人劝阻，又开始没日没夜地工作。有一天，他一头栽倒，再也没有站起来。

生活中，我们都太容易"好了伤疤忘了疼"，不会吸取教训。还有一部分人则走向另一个极端，对疼痛耿耿于怀，从此做什么事都畏首畏尾。

让伤疤微疼，是一种智慧。把经历的伤痛默默记在心上，时时提醒自己，伤疤虽然结痂，但要让自己的心微疼。过去的一切，都是宝贵的经验，失败和伤痛更是一种难得的财富，要懂得利用。

让伤疤微疼，也需要勇气。有了伤疤，有些人千方百计选择各种"疤痕灵"消除伤疤，说是要忘记伤痛，重新开始。其实最明智的做法是，在伤疤上文一朵花，提醒自己，曾经伤过。

让伤疤微疼，不是在伤痕的历史中停滞不前，作茧自缚，让阴影永远笼罩。让伤疤微疼，类似涅槃后的精神重生，是痛苦之后的重新开始。

（摘自《读者》2015年第2期）

别骗自己了，你没那么累

张凯达

我曾经一度以为我没有时间干自己喜欢的事情是因为学校里的琐事太多，所以每个学期期末放假的时候我都会带上满满一箱子书回家，想着在这一个月大把大把的空闲时间里一定能把这些书都看完。但是事实上，几乎每次，那些书都被我原封不动地带了回来，一边吃力地扛箱子一边大骂自己当初简直就是脑子里进了水。

心理学上有一个名词叫作"合理化归因"，就是说我们会给自己做的事情找理由，让它看起来更加合理，以避免我们受到自己内心过度的谴责。

这很好地说明了为什么我每过半年脑子里就会间歇性地进一次水：每当我没有完成学期初那些雄心勃勃的计划的时候，我总会告诉自己，是学校里的事情太多了，以至于让我没有时间做自己真正想做的事情。然而每当我哼哧哼哧把一大箱子书背回家里以后，总会发现家里的事情也一样多。有那么多同学聚会要去，有那么多电影要看，还要实习、学车，在家的时间丝毫不比在学校时更宽松，以至于一个月后我不得不拎着个原封不动的大箱子回学校并且大骂自己是个傻瓜。

这让我想起了那个经典的笑话。

女：你抽烟吗？

男：抽。

女：每天多少包？

男：3包。

女：每包多少钱？

男：10英镑。

女：你抽烟多久了？

男：15年。

女：所以这些年来每年你抽烟就花了10950英镑。

男：正确。

女：1年10950英镑，不考虑通货膨胀的话，过去的15年里你抽烟总共花了164250英镑，对吗？

男：嗯。

女：你知道吗？如果你没有抽烟，把这些钱放在一个高利息的储蓄账户里，按复合利率来算，你现在能买一辆法拉利了。

男：你抽烟吗？

女：不。

男：那你的法拉利呢？

虽然这个笑话存在一些逻辑上的问题，但我认为它反映了一些真实情况。你可能不抽烟、不喝酒，但是你会买化妆品、买衣服，最终钱还是没存下来。

　　网上有一句一度比较火的话："以大部分人的努力程度而言，远远没有达到要拼天赋的程度。"原因说白了很简单，其实就是"懒"。

　　但是直接承认自己懒未免太不好意思，所以要给自己找一个看起来冠冕堂皇的理由。

　　如果你找到了自己的梦想，那就赶紧去做；如果没找到自己的梦想，那就赶紧去找。

　　曾经我觉得自己没空做一些真正能提升自我的事情，现在回过头看，一是我懒，二是我蠢。如果真的想要找时间的话，请先从砍掉边际价值最低的事情开始。每天打30分钟电脑游戏可能有利于放松大脑，但是打上3个小时还说那是为了放松就有点说不过去了。

（摘自《读者》2015年第5期）

望星空

李浅予

　　他叫张峨，是清末民初著名的民间泥塑艺人。说起来，他的从艺经历还和同学栾来宗有关。那时他们在同一家私塾读书，栾来宗喜欢画画，而他则喜欢用泥巴捏小人小马。一天，趁先生不在，栾来宗画了一幅画，内容是先生外出，怕孩子们淘气，便留了一份作业——背书。画面却是先生走后，孩子们叠了桌子，扮演朱洪武登基。

　　这幅画激发了张峨的创作欲望。很快，一组名为"教不严，师之惰"的泥塑诞生了：先生怒气冲天，按倒学生打屁股，挨打者龇牙咧嘴，角落里还有个学生，正手拉弹弓，瞄准先生的脑壳……学生们围着泥塑笑成了一团，恰好这时先生回来了。先生很生气，后果是"主犯"张峨被勒令退学，而栾来宗因张峨谎称是自己出主意叫他画的，被打了几戒尺了事。

这是1873年在山东潍县一个小村庄发生的一件小事。这一年，栾来宗16岁，张峨12岁。张峨失学后，开始独自一人在草地上放牛。蓝天如碧海，牛眼似深潭。在老牛的注视下，张峨开启了他的梦想：做个泥塑艺人！

张峨的泥塑造型逼真，他尤擅"抓像"，眼到手来，人物形象栩栩如生。小小年纪，他就成了远近闻名的泥塑艺人，关于他的传奇故事直到今天仍在潍坊大地流传。而他的同窗好友栾来宗也创造了属于自己的传奇：他20岁刚出头，就成了贡生。张峨既为昔日的好友高兴，同时也为自己因一时调皮无缘于功名而懊悔，并因自卑而主动疏远了栾来宗。

一次偶遇重新拉近了这对好友的距离。一天，张峨去邻村修建关帝庙，回来时天已经黑了，走到白浪河，远远地，他看到一个身影在河边徘徊，走近看，竟是好久不见的栾来宗。他们聊了一会儿，栾来宗望着滔滔河水，突然语气忧伤地说："白浪河啊，你真是把我们害苦了。你要么没有一滴水，要么洪水滔天。"

他转过身，望着张峨，激动地说："如果我们能对旱涝灾害先有所知，做到防患于未然，那就好了。"说着，他望着天上的星星，像是自言自语地对张峨说："今年的乡试我不想参加了，我要把这辈子都用在预测天气变异、寻找气象规律上，我要让乡亲们再也不用吃旱涝灾害的苦头。"

那一年的乡试栾来宗果然没有参加。贡生已是举人副榜，离举人仅一步之遥，怎么可以随便就放弃了呢？张峨虽然和大家一样不理解，但仍对好友的选择表示支持。在别人的眼里，栾来宗似乎越来越古怪了，他每天晚上都要坐在院子里观测天象，白天整理记录。30岁时，他就为自己备好了棺木，并在两侧写上"省自身告别亲友，伴星月古墓长眠"。

斗转星移，连清朝都成了过眼云烟。这一切似乎和栾来宗没有任何关系，他仍旧整天埋头于观察星象，记录，整理。隔一段时间，张峨就要去看望老友,他们坐在院子里的松树旁,一杯清茶,谈古论今。此时栾来宗已意识到,要想预知旱涝,可能需要几代人的努力,为激励后人,他栽下这棵松树,并留下诗句:"嘱我后世人,相伴续天书。参透其中妙,教民稼五谷。"

松树越长越高,冲出小院,直直地刺向天空,在繁星密布的夜晚,树梢仿佛可以触到星星。可他们都老了。栾来宗整整40年的心血,变成了一本天文与天象结合的专著《天文与农时》,上面记录了历年的星象、天气和适合种植的农作物。他想让子女们在此基础上继续探索,但他的儿女们看到他一生因痴迷于观星测雨而穷困潦倒,谁也不愿意再走父亲的老路。

1926年,栾来宗的孙子栾巨庆出生了。为熏陶孙子,他用白纸糊了书房的天棚和四壁,上面画满了星月图,并"恳求"儿子在他死后将顶棚和墙上的图保留20年。1927年,栾来宗去世。除了亲人,只有老友张峨来为他送葬。

栾巨庆长大了。他继承了祖父的研究成果,经过几十年持之以恒的观测、计算,终于发现行星、月亮的一定位置和组合阵形,会对地球一定纬度的气候产生重大影响,"在长期的天气预报研究中获得了突破性重要成就"(新华社语)。

"潍坊出过很多举人和进士……但从对人类的贡献和人的价值的角度看,他们加起来也比不上一个乡巴佬栾来宗。他们的眼睛望着金银财宝和官帽上闪烁的顶子,栾来宗的眼睛却在仰望着灿烂的星空。"

(摘自《读者》2014年第23期)

过小而难的生活

连 岳

　　除了偶尔的朋友聚会和出差，我的生活非常简单：每天8点30分左右起床，喝茶，读书，写作，午餐；喝茶，读书，写作，晚餐（不是每天都吃）；健身（每周两三次），喝茶，读书，凌晨1点左右睡觉。

　　我认为能过简单的生活是幸运的，这让我有条件做长跨度的时间计划。系统学习一门知识或者掌握一项技能，都需要大量时间。有日本哲人把生活分成四种：大而困难的、大而容易的、小而困难的、小而容易的。大而困难的，总面临生死抉择，像玩轮盘赌，不是生就是死，这是少数人过的；大而容易的，比如巨富家的小儿子，有大笔财产，又没有继承家业的负担，这是命好。

　　我们普通人得在后两种生活里选择。小而容易的和小而困难的，人的本能让你挑选前者，你碰到的大多数人也会如此建议，这不稀奇，因为他们就生活在小而容易的生活里。这种生活观是，生活的压力最好都由别人承担，我要活得像个机器人，机械重复即可。这就是所谓"有保障"的生活，不需要你提升，你只要消磨时间。我建议你不要过这种生活。

我建议你选择后者。小而困难的生活看起来虽简单重复，但每天你都面临小挑战，有些小小的未知需要求索，你是你自己的主人。这像回归到人类祖先的生存状态，一日不作，一日无食。不要被偶尔的孤寂打败，要知道，这才是一个人正常的生活。这种状态能持续到我们生活的终点，正是幸福快乐的标志啊。

（摘自《读者》2017年第15期）

美丽的坚持

徐　新

　　在南美洲安第斯高原海拔4000多米人迹罕至的地方，生长着一种花，名叫普雅花，花期只有两个月，花开之时极为绚丽。然而，谁会想到，为了两个月的花期，它竟然等了100年。

　　100年中，它只是静静伫立在高原上，栉风沐雨，用叶子采集太阳的光辉，用根汲取大地的养料……就这样默默等待着，等待着100年后生命绽放时的惊天一刻，等待着攀登者身心俱疲时的眼前一亮。

　　对普雅花来说，等待是一种美丽的坚持。现实世界里，人们缺乏的正是普雅花的毅力，表现为眼高手低，好高骛远，只重成功后的辉煌，忽略或忽视成功前的努力和等待。

　　19世纪，加拿大蒙特利尔麦基尔大学的学生威廉·奥斯勒对人生感到困惑，他有远大理想，渴望成功，身边的小事没什么意义，平凡的生活枯燥乏味，因而成绩每况愈下。

威廉·奥斯勒的老师推荐他阅读哲学家卡莱里写的一本启蒙读物。在漫不经心的浏览中，他突然发现书中的一句话："首先要做的事不是去看远方模糊的目标，而要做手边最具体的事情。"他顿悟，是呀，不论多么远大的理想，都需要一点点实现；无论多么浩大的工程，都需要一砖一瓦垒起来。年轻的威廉·奥斯勒开始埋头读书，以优异的成绩毕业。毕业后到一家医院做医生，认真对待每一个患者，很快成为当地的名医，并被授予爵士爵位。

生命是一个奋斗的过程，也是一个等待的过程。因为人生不会是一马平川，不会总是春风得意。在太多的不顺心、不如意甚至挫折沮丧面前，我们需要的是平和的心态，像普雅花那样，在等待中积聚力量，最后实现灿烂的绽放。

（摘自《读者》2010年第02期）

荣枯有时

熊培云

　　那一天，外面很冷，我和表弟在外婆家附近的稻田里走着。外公、外婆早已过世了，我们这些子孙如今分散在中国各地，做着一些毫不相干的事情。

　　小时候在树下一起嬉戏、打闹，许多记忆都已经消失得无影无踪。多年后，我甚至也是在偶然之间望见田间有这样两棵树，我想它们应该都是樟树吧。由于是冬天，其中一棵树的叶子已经掉光了，枯死了一般。就像我在诗里写的："谁没有两颗心／一颗心枯，一颗心荣。"

　　小舅还住在外婆的村子里，他和我说那棵貌似枯死的树并不是樟树，而是和我们村里被挖走的那棵古树一样的朴树。它现在只是落光了叶子，其实并没有死掉。每年春天的时候，它会重新焕发生机，至暮春又将枝繁叶茂。

　　小舅的一生自顾不暇，如今儿女终于长大成人。我非常感激小舅还是孩子的时候曾经借给我不少小人书，并且给我做过一把木头手枪。

　　后来，我上了大学，在书里遇到另一位舅舅，那是小说《约翰·克利斯朵夫》里的高脱弗烈特。高脱弗烈特是个货郎，走南闯北，没多少文化，但他却是克利斯朵夫的人生向导。他不仅告诉克利斯朵夫作曲时要有真诚的态度，而且要对人生保持克制与耐心。

　　有一次，二人在冰天雪地的户外聊天。克利斯朵夫急急地说："舅舅，怎么办呢？我有志愿，我奋斗！可是过了一年，仍旧跟以前一样。不！连守住原位也办不到！我退步了。我没有出息，没有出息！我把自己的生命蹉跎了，许的愿都没做到……"

　　高脱弗烈特舅舅说："你得对着这新来的日子抱着虔敬的心。别想什么一年、十年以后的事。你得想到今天……现在是冬天，一切都睡着了，将来大地会醒过来的。你只要跟大地一样，像它那样有耐心就是了。你得虔诚，你得等待……你干吗要抱更多的希望呢？干吗为了你做不到的事悲伤呢？一个人应当做他能做的事……竭尽所能。"

　　要竭尽所能，并从容面对万物荣枯有时。我是在人生最灰暗的时候读到这些话的。克利斯朵夫的舅舅，因此成了我另一位精神上的舅舅。

（摘自《读者》2019年第23期）

活得像凡·高的向日葵

庄庆鸿

2011年的一个冬夜，我狂奔过日本东京繁华的新宿街头，寻找一个名字奇怪的私人美术馆，只为一幅画。

找到这家东京安田火灾东乡青儿美术馆时，只剩闭馆前的最后30分钟。满头大汗的我急切地寻找，终于看到那被一幅大画独占的墙壁。

这座美术馆藏有凡·高现存的7幅《向日葵》真迹之一，作于1888年。对很多人而言，来看它是一种朝拜。

我屏住呼吸走近它，轻轻在它面前坐了下来。隔着玻璃，金黄的花瓣张牙舞爪，像我的老朋友。

刚进大学时，我只希望以后能赚钱，越多越好。我知道怎么分析段意，怎么写历史主观问答题能拿高分，却不知道未来的生活在哪里。直到我真正遇到凡·高先生。

大二的一个晚上，在清华老图书馆鲜有人到的顶楼，放映了一部凡·高的传记影片。

那是一个魔法时刻。片中都是景物——凡·高眼中的欧洲街道、乡村原野。全片都没有出现凡·高本人，只是在画外音中念着他写给弟弟的几百封信。

坐在银幕前，那是我第一次听这个画家说话："亲爱的提奥，从我的窗口看造船所的景象，真是漂亮极了。白杨林中有一条小径，白杨的苗条树身带着纤细的枝蔓，以优美的姿势，出现于灰色的傍晚天空之上。水中间是一座古老的仓库，寂静得好像以赛亚书里'古老池塘中不流动的水'……"

在我的家乡，大人口中羡慕的成功者，都是哪家企业的老总、哪个部门的领导、哪所大学的教授。我和我的很多同学虽然不喜欢，也只知道这种活法。但是，凡·高完全不一样。

看完影片，当我走出老图书馆，迈下石头阶梯时，夜空中飘起点点小雨。忽然间，图书馆周围的所有树木都在发出自己的声音，而我能听见了。世界顿时变大了。凡·高就在空气中。

他问我："你知道自己这辈子想做什么吗？你知道怎样才是不辜负生命吗？"

我骑车到学校超市的花摊，那里没有向日葵，却有四种颜色的非洲菊，金黄、肉桂红、粉红和大红。我带回寝室去，送给室友每人一朵。它们都被插在书桌前，怒放了好一阵子。

后来我看了凡·高的书信集，才知道，他也是一个普通人，原来也是平凡地挣钱度过一生。

他出生于荷兰乡村，早年做过职员和商行经纪人，还当过传教士。但这个艺术门外汉决心，"在绘画中与自己苦斗"。

他拼命练粗糙的笔，练眼睛，练某种忠诚。到最后他越来越依赖艺术对艰难生活的净化，所以越来越多地采用纯粹的明黄。那是最丰盛、最纯净、最透亮的阳光，好像可以净化所有的苦。

大学毕业时，我放弃了一个离家近且多金的工作，留在了北方。同寝室的婧婍做了一个令所有人都惊讶的决定：一句瑞典语也不会的她，孤身到瑞典念大学。不是斯德哥尔摩，那个地名我们之前谁都没听过，叫乌普萨拉。

那年后，"毕业后旅行一年""辞职去旅行"的同龄人越来越多了，新名词"间隔年"也慢慢被社会接受。网络上一些年轻人讨论的未来也不再是升官发财，更多的是怎么"趁年轻追点梦"，让自己不后悔。

我们愿意过一种火焰燃烧般的生活。我想，没有凡·高，我们不会这么勇敢，爱生活，爱尝试。

之后一晃两年，我不时收到寄自法兰克福、柏林、马德里的明信片。我知道婧婍背着包几乎走遍了欧洲，甚至，她还到了北极圈内。利用"沙发冲浪"的社交网络预约，她凭诚信睡过很多陌生人的沙发，和不同语言、肤色的朋友们萍水相逢，把酒言欢。在马德里参加项目时，宿舍窗外就是湛蓝的海，她可以跳下去游一圈再上来吃早饭。

我也没落后于她。我独自去过了国内20多个省的44个市，不少是农村和山区。每到一个城市，我不会去名胜景点，而是会在寻常人家的巷子里遛遛弯，抬头望炊烟，低头看落花。

安徽的田埂、台州的公路、贵州的山沟，我都在"摩的"后座上风驰电掣地经过。2011年夜进云南发生矿难的山村，紧张地把黑车的车号发短信给主编。2012年12月进大凉山，10个小时被颠得内脏挪位。穿越寒风和暗夜的旅途，是令生命满意的活法。

我们也都会疲惫。凡·高在信里承认："我快40岁了。对于情况的变化，我确实什么也不知道……我的作品是冒着生命危险画的，我的理智已经垮掉了一半。"

1890年，当凡·高离开这个世界时，他37岁。生命虽然短暂，但他做到的事如此伟大。请容我引用一句泛滥的泰戈尔诗句——"生如夏花"。

凡·高在信里说："如果生活中没有某些无限的、深刻的、真实的东西，我就不会留恋生活。"

而当年手拿非洲菊的4个姑娘，已经分散到四大洲。我在北京，时常奔波赶往一些匪夷所思的地方。婧婍在瑞典，刚换了新工作。和我的床相连的何婧飞去了世界另一端的巴西利亚高原，睡对角线的曼桐还在繁华的纽约奋斗。

2011年11月17日，我在怒放的向日葵面前静静地望了30分钟，直到微笑的白发馆员用日语招呼我离开。本以为见到真迹会激动得流泪，但我最后只是回头笑了一笑。

我想，我们都在燃烧生命呢。向日葵丛中的凡·高叔叔，你满意吗？

（摘自《读者》2013年第9期）

赶时间

李开云

一

小时候，一直不明白父亲种庄稼为啥那么赶，到了近乎苛刻的地步。在我看来，早两天晚两天无所谓，何必非得起早贪黑，像要与老天爷赛跑似的往前赶呢？

直到自己成了半个农民，我才领会到"赶"的重要性。

比如小麦和玉米，如果不赶在一场大雨前收回来，一年的辛苦就可能白费；如果不抢在某个节气前将种子播下去，作物的长势就可能很差。

面对庄稼，父亲有时候会非常和蔼，有时候又忍不住大发雷霆。我们都不知道他为什么喜怒无常。

　　我曾经发过一条微博："如果我今天着急了、生气了，那一定是因为我没有按计划完成写作任务。"

　　我实在找不出着急、生气的其他理由。

　　现在回想起来，我今天的状态与父亲当年的状态何其相似！他当年因为庄稼没有及时播种或者收割而暴躁，也因为庄稼正好赶上时节有了好收成而倍感欣慰。

　　只是，当年的父亲从来不告诉我们这些，我们也无从知道他内心的想法。

　　播种，迟了不行，早了也不行。有一年，我过早地在菜地里撒播了菠菜种子，结果菠菜长出来后，气温一高便开花了。而开花，意味着菠菜的生命即将走到尽头。

　　有一年二月刚过，气温还很低，我就迫不及待地在地里种下了藤菜。后来这些藤菜几乎全部被冻死，偶有没冻死的，长势也很差，几乎到了颗粒无收的地步。

　　记忆中，种庄稼的父亲好像每年都在"赶"，就没有停歇的时候。现在想来，"赶"其实是人生常态。我们在这个过程中感受到了辛劳，也感受到了喜悦。

二

　　很久不见李爷爷来菜地了。一个星期天的早晨，意外在地里碰见正在打理瓜苗的李爷爷。我问他这段时间到哪里去了，他笑呵呵地说："回老家盖别墅去了。"

　　接下来，他滔滔不绝地给我讲述他儿子在老家盖别墅的经过："偌大一个山头，挖掘机不到半天就给挖平了。"言语之间，李爷爷满是喜悦和自豪："现在交通条件好了，离公路不到70米，就是我家。"

看着李爷爷幸福的模样，真想找个机会去他老家看看。

听说我把种田的故事写成了一本书，李爷爷每次看见我，都会问一句："书出来没？"我红着脸说："出版一本书的时间很长，等书出来后，我一定送您两本。"有一次，他还特地拉着我的衣角，在我手心里写下他的全名——李清贤。

李爷爷从小在农村长大，年轻时在农村种地，如今人到晚年也不闲着。偌大一块菜园中，就数他种地最仔细。

然而，一向种地非常认真的李爷爷，面对一片参差不齐的玉米地也犯了愁。

这片地，明显有十几株玉米比其他地里的矮小。我还以为这些矮小的玉米是他补种的，谁知他告诉我，都是同时种下的。

我大惑不解：同时种的玉米，为何长势参差不齐，而且差异如此明显？

原来有一天下午，李爷爷正在给玉米施肥时，突然接到一个电话。他不得不丢下十几株还没施肥的玉米，匆匆忙忙地走了。

原计划第二天就来施肥的李爷爷，没料到接下来几天竟然下起了绵绵细雨。等雨过天晴，李爷爷来到地里一看，顿时傻眼了：剩下那十几株没施肥的玉米，明显比其他施过肥的玉米矮了一大截。

李爷爷一边责怪自己没有施完肥就走，一边亡羊补牢，急急忙忙地给剩下的那十几株玉米补肥。然而，无论他怎样补肥，那十几株玉米苗就是迟迟长不起来。

有个星期天的早晨，李爷爷站在他的瓜架下，望着玉米地，感慨地说："人生最关键的就那么几步，特别是年轻的时候。年轻的时候赶不上，此后无论怎么努力都白搭。"

李爷爷的话令我想起小时候跟父亲一起下地种田的情景。那时父亲总说："可别糊弄了庄稼！你糊弄它，它就糊弄你。只要你勤奋，这庄稼就不会亏待你。"细想，种庄稼和人生的打拼是一样的，你挥洒了汗水，才会有胜利的果实。大学毕业那年，我拼命地想在城市里找一份工作。没有钱，没有家庭背景，没有关系，我只能比别人更卖力、更勤奋。勤奋，是我通向城市唯一的资本。最困难的时候，我曾在深夜独自走了八公里路才回到住所，因为身上连坐公交车的一块钱都没有了。即便这样，我也依然执着向前。

现在，我常常想起父亲说过的话，觉得这城市就跟父亲的庄稼地一样。人生紧要的就是那几步，如果赶不上，就会相差很远。而努力了，必然会有收获。"赶"是一种常态，它没有终点。

（摘自《读者》2020年第20期）

那个发现冥王星的年轻人

假装在纽约

2015年7月14日，"新视野"号探测器近距离飞过冥王星，人类第一次清晰地看到了冥王星的样子，那是人类探索太空历史的重要时刻。

"新视野"号上一共搭载着9件纪念品，其中最有意义的，大概是冥王星发现者克莱德·汤博的一部分骨灰。

汤博1906年出生在美国伊利诺伊州，后来，他的父亲在堪萨斯州买了一块农场，于是全家都搬到了堪萨斯州。在汤博小的时候，他的叔叔送了一架望远镜给他，让汤博养成了看星星的习惯。一场冰雹砸坏了农场所有的农作物，几乎让他家破产，也断送了他上大学去读天文学的希望。没有上成大学的汤博，继续坐在地里看星星。商店买的望远镜已经无法满足他的需要了，于是在20岁那年，他开始动手自己做望远镜，所用的部件是从家里一辆1910年出厂的别克汽车和农用机械上拆下来的，镜片也是他自己手工磨出来的。之后两年，他又自己做了两架望远镜。就是用这些简易望远镜，汤博细致地观测了火星和木星。他把自己绘制的图寄给了罗威尔天文台，希望能够得到专家的意见。

建于1894年的罗威尔天文台是由富豪商人帕西瓦尔·罗威尔出钱建立的私人机构。罗威尔也是一个很有故事的人，他38岁时读了一本写火星的书，随后对天文学产生了浓厚的兴趣，倾尽财力研究天文，成为一名天文学家。罗威尔天文台位于亚利桑那州的旗杆镇，那是一个地广人稀的高海拔山区小镇，很适合天文观测。

汤博自绘的观测图给罗威尔天文台的天文学家们留下了深刻印象。1929年，他们邀请汤博到天文台工作，参与"Planet-X"研究计划。

早在1781年人类发现天王星之后不久，天文学家就推断太阳系还有其他行星或类似星体的存在。1846年，海王星的发现并没有消除这个疑团，因为在考虑了海王星的影响后，天王星的运动轨迹和理论值仍然存在偏差，这表明还存在其他星体的影响。

"Planet-X"计划的目的，就是找到这颗神秘的星体。而汤博日常工作的很大一部分，就是比较望远镜在不同时间拍摄下来的星空图片。每张图上少则有15万颗星星，多则可能会有上百万颗，要从中找出不同，真的是一件非常考验眼力的事。

1930年2月18日，这是一个历史性的日子，汤博在比较两个星期前拍摄的两张星空图时，发现了一个位置在变动的星体。

一个月后，罗威尔天文台经过确认，正式宣布了这个新星体的发现。他们面向全世界为这颗新的星体征名，最后采纳了一个11岁小姑娘的建议，用罗马神话中的冥王 Pluto 为它命名。

发现冥王星之后的汤博获得了巨大的荣誉，他拿到了堪萨斯大学的奖学金，获得本科和研究生文凭。上完学后，他又回到了罗威尔天文台，直到1943年才离开。

1997年，汤博以91岁的高龄去世。晚年他总结自己的一生时说："我游历了所有的天堂。"而这样的游历，始于许多年前那个在堪萨斯州农场看星星的小男孩。

（摘自《读者》2016年第1期）

贫穷时光

后 雨

"请你首先想象出一个正常尺寸的圆圆的奶酪蛋糕，再用厨刀将它均匀地切成十二份，也就是切成有十二个刻度的钟表盘的样子。其结果，当然出现十二块尖角为三十度的蛋糕。将其中一块放在盘里，边啜着红茶什么的边细细地看。那顶端尖尖的、细细长长的蛋糕片就是我们'三角地带'的准确形状。"（林少华译《我的呈奶酪蛋糕形状的贫穷》）

1973或1974年的时候，村上春树与妻子结婚不久，面临着"可以登在吉尼斯世界纪录上"的贫穷。租不起像样的公寓，他们只得四处寻找廉价的可遮风避雨的落脚之地。在招租广告的指引下，他们走进了那间孤零零盖在"三角地带"尖端的房子，感觉就像站在一艘行驶在海上乘风破浪的驱逐舰的舰桥。

"三角地带"的两边，两条铁路左右相夹，一边是国铁线，一边是私铁线。

两条铁路原来是一并行驶的，以这楔子形的尖端为分歧点，像被撕裂开来似的，以不自然的角度各奔南北。打开大门，一辆电车就从眼前奔过；打开后窗，另一辆电车呼啸而至。房子里的人与电车上的乘客接近到几乎可以四目相对、点头招呼的程度，玻璃窗哗啦作响，彼此听不见对方的讲话声。村上与妻子在里面逗留了一个小时，这期间有相当多的电车从房子两侧通过。"如果话说到一半有车开来，我们便闭上嘴巴等车通过。等安静下来，刚开始说话，下一班电车又来了。那情形，不知该称为（思想）交流的中断还是分裂，总之是十分让－吕克·戈达尔（法国新浪潮电影导演）式的。"

匪夷所思的是，村上春树最终还是决定租下那座房子，原因是从窗口泻进来的春日阳光，在榻榻米上照出一片小小的四方形，"很像我小时候住过的房子"。那个住在阪神地区宁静的郊外，在父母的关爱中长大，成绩马马虎虎，爱读书、听音乐的"普通男孩"，60年代末只身来到东京，进入早稻田大学第一文学部戏剧专业学习，却始终游荡在校园教室与学运骚乱之外，体味、吸收着一切"拥有在都市里生存所需的实用知识"，将"团块世代"（"二战"后日本的第一个生育高峰）应有的既定人生轨迹颠倒了个次序：结婚、工作、毕业。

为生活所迫搬进"三角地带"时，棉被、衣服、餐具、台灯、几本书和一只猫，就是夫妻二人的全部家当。"房子建得极其马虎，到处都有空隙来风。夏天自是开心惬意，冬天那里就成了地狱。买取暖炉的钱都没有，天一黑，我就和她以及猫钻进被窝，那才叫不折不扣地相拥而眠……四月间铁路工人有几天罢工。一有罢工，我们真是欢欣鼓舞。一整天一趟列车都没有。我和她抱着猫到铁轨上晒太阳，安静得简直像坐在湖底。

我们年轻，新婚不久，阳光免费。"

经过一段同时打几份零工的东奔西走的日子之后，村上夫妇总算找到了适合自己栖身的社会"缝隙"，开了一家可以整日播放喜爱的爵士乐，提供咖啡、酒类和简餐的小店。然而到了每月向银行还贷款的日子，他们依然会感受到现实的冷酷。有一次到了还款期限的最后一天，想尽办法却依然凑不够钱，夫妻二人垂头丧气地走在深夜寒冷的大街，居然就在地上捡到了符合数目的皱巴巴的钞票，不可思议地"捡回了小命"。

按照村上的说法，他们"总算心无旁骛地度过了这段艰苦岁月，而且没有遭受重创，好歹得以保全性命，来到了稍稍开阔平坦一些的场所。略作喘息之后，我环顾四周，只见眼前展现出一片从未见过的全新风景，风景中站着一个全新的自己"。（施小炜译《我的职业是小说家》）

那是1978年4月一个晴朗的午后，村上春树独自前往神宫球场观看中央棒球联盟的揭幕战——养乐多燕子队对阵广岛鲤鱼队。就在第一击球手戴夫·希尔顿打出潇洒有力的二垒打的那一瞬间，村上春树感到"似乎有什么东西慢慢地从天空飘然落下，而我摊开双手牢牢接住了它"。比赛结束后，村上立刻坐上电车赶往新宿的纪伊国屋书店，买了稿纸和钢笔。夜深人静，结束店里的工作之后，他坐在厨房的饭桌前摊开稿纸，开始写作……

一年后，村上接到《群像》杂志编辑的来电，通知他，"小说已经闯进新人奖评选的最后一轮"。放下电话，村上和妻子一道出门散步，走过明治大街的千驮谷小学旁时，在绿荫丛中发现一只翅膀受伤的信鸽，他们按照信鸽身上的名牌，将它送回附近的岗亭。村上的心中一阵情感荡漾："我们沿着原宿的后街小路走过去，受伤的鸽子在我掌心暖暖地微微颤抖。那是一个晴朗舒爽的星期天，周围的树木、建筑、商店橱窗都在春日的阳光下闪耀，明亮而美丽。这时我陡然想到，我肯定会摘取《群像》新人奖，并且从此成为小说家……"

直到今天，村上春树时不时还会想起他那呈奶酪蛋糕形状的"三角地带"，不知道那所房子里现在住着什么样的人。成为作家后，他这样写道：他丝毫没有奉劝诸位"人生路上要尽量多吃苦头"的意思……不过，假如您此时此刻刚好陷入困境，正饱受折磨，那么他很想告诉您，"尽管眼下十分艰难，可日后这段经历说不定就会开花结果"。也不知道这话能否成为慰藉，不过请您这样换位思考，奋力前行。

107 岁的理发师

费 文

安东尼·曼西内利2018年时107岁，是全球最年长的理发师。他目前依旧坚持全职工作。从11岁从事理发工作，迄今已有96年。他所服务的店位于纽约市北部一条不起眼的商业街中，店主人说："他从未请过一次病假。"

《纽约时报》曾以一篇专文介绍他，说他在2007年96岁的时候，就已获得吉尼斯世界纪录"全球最年长的理发师"称号。

许多新上门的客人知道他的年纪之后，难免不知所措。而他的熟客，有的已经跟着他数十年。他的身材维持不变，双手不抖，而且头发浓密（虽然都白了）。他大半的时间都是站立着，脚上是一双已老旧、裂开的黑皮鞋。

店主人说："他老而弥坚，那些年轻人反而有膝盖和背部的毛病。他比一个20岁小伙子更有效率，那些年轻人坐在那里玩手机，而他一直在工作。"

已被问过无数次长寿秘诀，他的答案一律是："永远认真而满足地把一天的工作做好，而且从不抽烟和酗酒。"

他没有长寿的家族基因，也不太重视运动。他不吃营养品，也不用什么乳霜。他仍然保有每一颗牙齿，不吃药，不需要戴眼镜，剪发时双手仍然是稳稳的。

他说持续工作帮助他保持忙碌和心情愉快。自从他那结婚70年的太太于14年前去世之后，他每天上班前，都会去他太太的坟前一趟。

他独居，自己开车，自己下厨料理三餐，自己洗衣服，闲暇时看看电视——他最爱看职业摔跤比赛。他坚持一切自理，甚至包括修剪住家前院的灌木丛。他自己去购物，自己处理账单——他的做事原则就是自己的事不愿假手他人。

"他甚至不让别人代为清理地上他剪下的头发。"他81岁的儿子说。

这么多年来，人们的发型一直随潮流而变，而他也会随之调整，适应变化。他的一些客户已维持了50年，包括他们的父亲、祖父、曾祖父，4个世代。他自己有6个来孙（玄孙之子）。

安东尼·曼西内利1911年出生于意大利，8岁随家人移民美国，8个兄弟姐妹只有他活到今天。他11岁起就在一家理发厅当学徒。12岁退学，开始专职从事理发工作。

在那个年代，理一次发25美分，现在他的收费是19美元。他的手动剪刀仍然保留在店里的一个抽屉中——万一停电了，电动剃刀无法使用。

声名大噪之后，每逢他的生日，理发店就休业一天，开个派对为他庆祝，附近的超市会捐助食物。目前的店主人几年前才聘用他，因为他的前任雇主要减少他的工作时数。他靠自己的技术赢得了这份新的工作。"现在，我觉得我好像是在为他工作，"新的店主人说，"全世界有100万人打电话来，说要来看看他。"

（摘自《读者》2019年第10期）

奇迹在坚持中

曹卫华

这是发生在我大学期间的一件事，至今犹记在心。公共课"社会学"的老教授给我们出了这样一道题目：如果一件事的成功率是1%，那么反复尝试100次，至少成功1次的概率大约是多少？备选答案有4个：10%、23%、38%、63%。

经过十几分钟的热烈讨论，大部分人都选了10%，少数人选了23%，极个别人选了38%，而最高的概率63%却被冷落，无人问津。

老教授没作任何评价，沉默片刻后，微笑着公布了正确答案：如果成功率是1%，意味着失败率是99%。按照反复尝试100次来计算，那失败率就是99%的100次方，约等于37%，最后我们的成功率应该是100%减去37%，即63%。

全班哗然，几乎震惊。一件事倘若反复尝试，它的成功率竟然由1%

奇迹般地上升到不可思议的63%。

有一句名言是这样说的："要在这个世界上获得成功，就必须坚持到底，剑至死都不能离手。"其实任何人成功之前，都会遇到许多的失意，甚至难以计数的失败。你选择了放弃，无疑就放弃了一个成功的机会，因为轰轰烈烈的成功之前的失败，往往离成功只有一步之遥。自古以来，那些所谓的英雄，并不比普通人更有运气，只是比普通人更有锲而不舍、坚持到最后的勇气罢了。

（摘自《读者》2011年第14期）

就算只是一条平凡的红鳉鱼

黄佟佟

红鳉鱼是一种很廉价的鱼，长不大，相互之间又弱肉强食，唯一的特点就是和金鱼幼苗有点像，所以常常被鱼贩子拿来冒充金鱼卖出去。调皮的落语（日本传统曲艺形式）学徒立川谈春因为把师父给他买金鱼的钱拿去吃烤肉了，就骗他的师父立川谈志，说这是最好的金鱼。眼明心亮、脾气乖戾的立川谈志也不戳穿他，而是优哉游哉地把鳉鱼放到鱼缸里一直养着，这便是日本 TBS 电视台年度大戏《红鳉鱼》的戏眼。

大部分的人都是红鳉鱼，看上去颇有卖相，却注定只有作为一条鳉鱼的命运。《红鳉鱼》讲的是一个成长的故事，就像谈春，虽然聪明伶俐，却天分一般，更要命的是还性格浮躁、幼稚且自命不凡。这样的人可能干什么都不会有出息，可是北野武扮演的师父谈志是怎么训练他的呢？

首先是让他做大量的琐碎家务，去超市买东西、擦窗户、修理浴室里坏掉的水龙头、捉树上的毛毛虫、拔掉蔫了的杜鹃花、赶走野猫……仅记清师父吩咐的事就不容易。其次是伺候喜怒无常的师父,"让师父高兴是你现阶段最重要的事"。

之后,他又被打发去筑地市场卖了一年的烧卖。在人潮拥挤的鱼市苦干了一年之后,谈春仿佛变了一个人,用中国话来说,他变成了一个"会办事的人"。

师父外出演出,他给备了一双运动鞋。师兄说他弄错了,演出要穿木屐,他说师父走到演出场地路程颇远,运动鞋舒适,木屐可以演出前再换。细心、体贴、周到、为对方考虑、能预想人所不能,这就是"会办事"。

我们常把"会办事"看成是马屁拍得好,还真是小瞧了这项才能。实际上"会办事"包含许多综合因素,比如准确的观察力、判断力、执行力,以及对对方心理的预测能力。这是对生活一次又一次的小型的"运筹帷幄",不是人人都能掌握的。

事实上,谈志这种训练徒弟的方式,是农业社会几千年以来最常见的训练方式。聪明人容易浮躁,所谓日常生活里的"修行",就是要你磨去浮躁,在烦琐里去伪存真,触到生活真正的命门。一旦你成为"会办事"的人,哪怕你没有天分,也总能在这个世间安顿下来,并且还能混得不错——这也就是谈志训徒的"红鳉鱼哲学":"鳉鱼就是鳉鱼,再努力也成不了金鱼,但也正因为这样,你才如此讨人喜爱。"

这世界,有人是金鱼,有人是鳉鱼,在你确定自己是谁之前,要非常努力地寻找自己的方向,要学会接受自己,意识到自我的局限。就算自己真的只是一条平凡的红鳉鱼,我们也有资格平静而骄傲地活下去,这才是生而为人最大的尊严。

(摘自《读者》2017年第3期)

人生的真相

林清玄

师父只教他洒扫、泡茶、接待宾客，闲暇的时光就让他用来静心，并观看这个世界。弟子过几天就会问师父："师父，您什么时候才能教导我人生的真相呢？"

又过了一阵子，弟子更着急了，问师父："师父，您到底要到什么时候才能告诉我人生的真相呢？"

师父被问烦了，拿起一块石头交给他，对他说："你拿这块石头去菜市场估个价，只需要了解它的价钱，不要真的卖掉它。"

到了菜市场，有两个人想买这块石头。有一个人出价十元，另一个出价二十元。第一个人是要买回去做秤锤，第二个是要买回去做砚台。弟子把石头带回去，报告师父："师父，这块石头有人出价二十元。"

师父叫他再把石头带到玉石市场去，也是只了解它的价钱，不真的卖掉。

　　在玉石市场，有人出价五十万元，因为那石头看起来非常稀有。弟子把石头带回去，报告师父："师父啊，这块石头在玉石市场有人出价五十万。"

　　师父说："好！现在你把这石头带到钻石市场去，只要估量它的价钱，不要真的卖掉它。"结果，弟子欣喜若狂地跑回来报告师父："师父，听钻石市场的人说，这是一块相当完美的钻石，有人出价五千万呢！"

　　师父说："没错，这是最完美的钻石，可是只有懂钻石的眼睛才能看见它的价值。你每天追着我问，什么才是人生的真相，用菜市场的眼光、玉石市场的眼光和钻石市场的眼光看到的人生真相是不同的，你到底想用什么样的眼光来了解人生呢？你要先锻炼的是看钻石的眼光，而不是不断地追问。"弟子听了，就心开意解了。

　　我们大部分的人，穷尽一生去追求，希望找到生命中最有价值的事物，却少有人了解，我们的眼睛才是最具价值的。

　　有价值的眼睛看见了山，山就有了价值。

　　有价值的眼睛看见了海，海就有了价值。

　　有价值的眼睛看见了阳光，阳光就有了价值，因此禅师才说："日照一隅，也是国宝。"太阳所照耀的每一个角落，都像国宝一般珍贵，这种深刻的见解，只有眼睛好的人才能体会呀！

每个人都有自己的那把钥匙

刘 同

有个作者朋友从大家的视线里消失了两年，前几天约了见面，她说这两年在筹备把自己的小说改编成电视剧。问她进展如何，她叹了口气，反问我："我就是特别无奈，所以想问问你，这样下去，到底什么事情对我来说比较重要？"

她说她这两年找了几个编剧，一起改编小说，见了很多投资商，参加了很多聚会，认识了很多艺人，和很多艺人的经纪人也成了朋友。可两年过去了，感觉剧本也不是特别满意，投资商也一直在观望，演员都说会等，但也都陆续接戏。开始她觉得大家都在等自己，后来发现只有自己一直没有进步，大家都在等待中做完了各种事情。她很苦恼，不知道自己到底该走向何方。

曾经和一个"北漂"的歌手聊天，他也说了类似的情况。因为一直没什么发展，所以他和旧公司解约，参加了很多饭局，认识了很多朋友，每个人都说有机会一定合作，但过了几天好像谁都不那么真心。没有钱做不了新歌，想在家练歌又觉得这不是自己应该做的事情。创作，机会，资金，未来……一环扣一环，他迷失在一环环的奔波里。

有些人在世界上活得很辛苦，尤其是想靠才华养活自己的人。

怕没有人喜欢自己，怕自己才华不够，怕坚持下去有没有未来也不确定，还总要看周围人的脸色行事。不喜欢夜场，却又不愿意放过认识人的机会。想得到别人的帮助，却分辨不出谁真正愿意帮助自己。看不到未来，也看不清自己。这样的人容易一直在黑暗里头破血流，最后心如死灰。

假装成一个人，其实心里知道真实的自己是另一个人。

还有一位歌手朋友，不算红，性格内向，不懂得交际，所以省去了很多应该要面对的纷扰。他同样也不明白争取机会，唯一知道的就是每天窝在家里听歌、唱歌。

有些人一直在等机会，但他从不闲着，每天在家翻唱不同的歌，男歌手、女歌手，什么好听就翻唱什么。不仅是为了唱歌，也是想找到自己唱歌的感觉。

我们聊天，说到每个人都有自己的一把钥匙，我们的使命就是不停地去寻找。当你找到自己的那把钥匙，很多事情的发展就顺理成章、势如破竹了。唱歌的就会有自己的样子和风格，写作的也会有自己的样子和风格。

看起来像获得了自信，其实是知道未来的每一扇门都不必再去费劲推开了。钥匙在手上，仔细想一想，找到钥匙孔，左拧或右拧就好了。

找钥匙是个很难的过程，需要耐心，需要时间，不能和别人比较，不能给自己压力。把双手双脚放在水里，一点一点摸索，直到靠记忆都能背出整片水域的地形。

诚然，有些人一出生就自带钥匙，可绝大多数人的钥匙是需要靠自己寻找的。

不要把时间花在"怕没有人喜欢自己"上，也不要把时间花在"怕自己没有才华"上；不要把时间花在"坚持下去有没有未来也不确定"上，也不要把时间花在"总要看周围人的脸色行事"上；不要把时间花在"不喜欢夜场，却又不愿意放过认识人的机会"上，也不要把时间花在"想得到别人的帮助，却分辨不出谁真正愿意帮助自己"上。

不要急着去看未来，也不要急着想看清自己。安静下来找钥匙，找到属于自己的那把钥匙，一切就会顺利了。

（摘自《读者》2017年第9期）

只要不曾停止生长

树小姐

最近我在读的《树之生命木之心》，是一本关于日本宫殿大木匠的书。书里提到一个观点，说树木其实有两次生命，一次是从种子到被砍伐的这段时间，一次则从它由树变成木材开始。

宫殿大木匠认为：一棵树如果生长了2000年，那么，由它支撑的建筑也应该能存在2000年。否则，建筑师就对不起树生长的岁月。

从前看到大树被砍伐为木材，心里总是不忍，觉得为了满足人类的需求，就要腰斩一个生命，实在是残忍的事情。然而如果真如大木匠所说的那样，树木从成为木材那一刻起，就开始另外一次生长，我心里倒放松了。

生长，是一种"顺势"。

日本古代的木匠在选材建造伽蓝的时候，会买下一座山，长在山南的木材用在寺庙的南边，长在山北的木材用在寺庙的北边。同样，树木扭曲的部分、节疤，也都在建筑中按照它本来的方向摆放。要了解木材，需要先了解这棵树，这样才能让它的两次生命达到同等长度。

我有时候想：我们是不是被诸如克服、坚持、努力、逆流而上、不进则退这类用力很猛的词语奴役了心灵？心灵被奴役，眼光也变得窄起来。

水滴石穿通常被用来形容努力或坚持，然而细细想来，哪里有什么努力，那水滴之所以没有改变它的方向，不过是因为它无意识，也无外力介入。它只是顺着最简单的方法去做自己本来就该做的事。至于石到底穿不穿，完全不在它的"谋划"之内。

现在对木材的使用当然不像从前了。木材厂的马达一转，在标准化的加工工艺下，个性屈从于共性，所有生长的证据都被消灭。完美和标准被放到了至高无上的位置，在这个意义上，死亡真正发生了。

如果以"顺势"作为考量重点的话，基本没有无用之才，只是看手艺人到底在多大程度上发掘出它的"势"来而已。如果仅能在白纸上画画，那么谁又能画出桃花扇？

我喜欢云纹，经常央求山先生帮我做片木雕的云。他总是说没材料。

怎么就没材料呢，满大街都是卖木板的，买块颜色合眼的，画上云纹，雕刻出来不就是了？

上个月山先生回乡下，终于弄到一小块可以顺势而为的树根，于是我就有了一小朵云。它没有传统云纹图案里那些连续圆润的线条，只是像夏日午后天上突然堆积起来的白云那样，层层叠叠地堆砌，忽明忽暗，并无道理可讲。

我嫌云彩状木雕的尾巴部分做得不好，那是蛮奇怪的一个折角。山先生说："做得不好，你凑合看。"他耸耸肩，耸肩的意思大约是：毕竟这块木头也就长这样。

有一天我在阳台发呆，突然看到天上有一小片云，也长得很奇怪，有个奇怪的折角。我仿佛听见抽屉里那片木头小云在笑："瞧啊，不但树会长成那奇怪的样子，云也会哎。"原来万物都有它们各自生长的方式。

（摘自《读者》2017年第19期）

三处风景

曾 颖

三位朋友都去过同一个地方，给出的评价却各不相同。

朋友甲说："没意思，饭菜不好吃，宾馆里没空调，而且连自动麻将也没有，还得玩手动麻将。我劝你别去！"

朋友乙说："那里一般，所有旅游景点该有的东西都有，山还算清秀，树也不错，只是太冷了，没玩过的可以去玩玩！"

朋友丙则很兴奋："那个地方你一定要去。那里的山道是明朝时期用石头砌成的，上面已印下千千万万的足迹；路两旁，千年以上的古树随处可见；树间，鸟儿和松鼠，还有许多叫不上名的小动物跳进跳出；山间草丛和石缝里，时不时有清冽的泉水溢出来，那绝对是真正的无污染饮料。山上有一家农户是专门养牛的，他家的牛吃的是中草药，喝的是矿泉水，挤出来的奶鲜香得让你喝完一杯还想喝下一杯。夜里，在大山里搭个帐篷，满天星星和萤火虫萦绕在你身边，像梦幻一般。而清晨，一轮朝阳从云海中升起，让你觉得如神仙一般高踞在天上。你如果不去，一定会后悔的！"

听过他们的争执，我大致理出了一个脉络。

三个人去的虽然是同一个地方，但他们旅行的过程完全不一样。朋友甲到了那里之后，就邀约同好一起打麻将去了。他的关注点和记忆都与麻将有关，旅行无非是换个地方打麻将。朋友乙是坐缆车上山的，他记忆中的风景是遥远而高高在上的，缺乏过程与细节，而且由于没有付出体力，他所获得的感受过于平静客观，仿佛置身于风景之外。

朋友丙是个驴友，他背着大包沿石阶一步步走到了山顶，看到了诸多风景的细节。因为有饥渴、疲倦等感受的刺激，他对香甜、愉悦、清新等感受得更深刻。他眼中的风景独属于他，他的旅行与由别人设定和安排的旅行完全不一样。

我突然想到，所有的人生都只有一个结局，那就是死亡，如同登山或旅行最终都会有一个目的地。但目的地和目的地真的一样吗？相信每个人都有自己的答案。

（摘自《读者》2021年第2期）

人生的非线性回报

连 岳

人生很难的地方，就在于要等。你的能力、你的美德，它们得到的回报，几乎都不在当下，而似乎在很远的未来。这是人生的非线性回报。从短期来看，做人好与坏、努力与懒惰，好像区别不大，但是到了某个瞬间，积累了品德与能力的人，层级突然就会有个大跃升。这就像好股票和好房子，它们不是每天均匀地加点价，而是在很长的时间内乏味地波动，但在一个很短的时间段，突然暴涨。

若天天要回报，忍受不了乏味的等候，自然也享受不了暴涨带来的惊喜。人生亦如此。

但这个道理真的很难变成信条，与人相关的道理，从字面上来看都不复杂，但要变成信条与行动，我们却要有切肤之痛。或许在十年、二十年之后，你见证了一些人实实在在的成功，也旁观了一些人的黄粱梦醒后，才会知道，平时的每一分作为，都有无形的记录，或减分或加分。从这点来看，你有苦可吃，有艰难一点的工作可做，其实是好事，因为你知道自己在做加分的事；而偷奸耍滑，行为越有欺骗性，对自己越不利，因为这些都是减分行为。

这个世界，终究是属于好人、属于美德、属于勤奋的，否则，人类早就灭绝了。不相信这一点的人，不过是在劝说自己作恶，并把作恶的原因归结于他人。

基于这个原则，我非常喜欢合作中的诚实原则。喜欢对方，就直接说出来，真诚地夸奖对方；对自己的要求，也可以坦陈。

奉行这种策略，会不会遇上坐地起价的人？诚实地告诉你：会。有一定比例的人，他们理解不了你的真诚，反而想，咦，来了个傻子，不宰白不宰。但这有什么关系？你我毕竟不是傻子，对大致的市场行情心里有谱，如果价格超过合理的波动区间太多，你会知道的。再说了，任何人、任何商品，并非是不可替代的，碰上不对路的人，不和他打交道就行了。多数人，当自己的努力、自己的产品被人肯定时，他们回报给你的眼光将充满善意，从而使彼此沟通的效率大大提高。若真被人占了点小便宜，吃一次亏，那也没浪费，这都是你识人的成本，将这些人拉入黑名单，你积累的合作者的品质将越来越高，这也是在升级你的系统。

真诚，但不傻，只选择会给你真诚回报的合作者。这既是进化的策略，也是人生的等候工作。你得等候自己的能量增长，所以你将遇到有更大能量的合作者；你得等候自己所处的这个系统升级，所有参与者的能量都在增长。一个希望自己变好的人，一定也会趋向于善良，他会希望自己所处的城市、所处的国家变好，希望整个世界变好；而抱怨者、诅咒者、算计他人者，反映出他正在变得更糟糕。

以不善良的手段暂时获利，最后的结果可能是永远失去。善良可能会暂时给你带来一点点小损失，但如果你不是特别傻的话，很快便能止损，进入小获利的阶段。你会有稳定的工作、稳定的生意，在非线性的人生中，等来自己的人品大爆发。只有相信这一点，你才能做到这一点。

（摘自《读者》2019年第7期）

当忙碌变成一种价值

三　三

"忙碌令我快乐"，真的吗

　　汉语的博大精深，从"忙"这个字就能体现。当我们说别人"忙"的时候，往往会积极化这个字的内涵，比如所谓的"大忙人"，言下之意是对方被很多人和事所需要；而当主语是自己时，"我很忙"又总传达着焦急、疲劳之类的负面情绪——这既是"忙"在语言层面的复杂性，也间接说明，忙碌的是自己还是别人，会影响到我们到底能不能客观看待这件事。

　　事实上，人类并不抗拒忙碌，尤其是主动忙碌。对当代人来说，"看起来很忙"已经成为一种身份地位的象征。人们总是将"忙"和一些优秀的特质联系在一起，比如进取、坚毅、有野心等，被认为是职场上稀缺的好品质。

有研究表明，如果是从个人主观意愿出发的"不想闲着"，确实能调节负面情绪、强化自我认知，进而提升幸福感。

这就是为什么直到现在，人们依然将如何进行时间管理、如何利用有限的时间完成更多的任务，看作自己能力的证明。剑桥大学人类学家詹姆斯·苏兹曼也在《工作的意义：从史前到未来的人类变革》里说，只要定居在城市里，我们就无法把工作当成简单的谋生手段，而是将其视为拥有高度社会化水平和适应能力的证据——这意味着你是一个真正的"社会的人"。

问题是，既然忙碌如此有益，为什么我们还是没有办法像一些人那样"享受"忙碌？

答案可能是，"被动忙碌"充斥在人类社会的每一个角落——为了保证自己不失业，许多人不得不假装很忙。随着无益工作的增多，正常工作受到影响。如果我们提取某个生活片段来观察，会发现这种"被动忙碌"无处不在：该忙的时候在开会，不该忙的时候却要加班，上班要表现出全情投入的模样，下班还得想方设法营造自己只是暂时离开工位的"人设"，休息日也会发一些仅领导可见的微信朋友圈来彰显自己的工作态度——这就是很多当代"打工人"的写照。

当然，还有一种忙碌介于主动忙碌与被动忙碌之间：只要一闲下来就想看点什么、做点什么、知道点什么，哪怕只是"没用的知识又增加了"。毕竟，忙碌给人带来成就感，时间就是金钱，很多人都在不停地自我充电、自我进步、自我驱动，即使他们其实并无真正想做的事。

为什么我们不敢闲下来

如果忙碌是有价值的痛苦，那么清闲就是可引起焦虑的自由。在当下，越来越多人患上"空白时间焦虑症"，只要一闲下来就会觉得自己没有在学东西，进而否定自我存在的价值。但这个认知并不表示我们可以立即投入主动忙碌——绝大多数时候，我们只是不停点亮手机屏幕，点开社交软件再退出，在碎片化的信息中消磨掉无所事事的时间。

我们无法接受过分忙碌，但也不想过得太清闲。在被动忙碌的时候，我们大可以说是工作、资本、生活令我们不得不连轴转，但当选择权交付到自己手上，终于拥有了自己的时间，却还是不知道想做或者可以做什么的时候，才是真正考验我们自由意志的时刻。

很多人只知道自己不要什么——不要枯燥的重复劳动、单调紧张的生活方式、不要在经济和精神上依附他人、不要被系统控制，但如果真的去思考自己想要什么、想做什么，就十分困难。毕竟，生活是有惯性的，而跟着惯性走总是简单的。

生活的尽头是"摸鱼"吗

在越来越忙碌的当代生活里，日益完善的"永不离线"式工作文化让我们的私人空间被不断蚕食，一些年轻人将工作视为一种"不得不忍受"的禁锢，职业的发展已经不再被看成努力就有收获的等价交换，于是他们纷纷做出"非关键时刻拒绝再卷"的决定，试图从被动忙碌当中脱身，用截止日期（deadline）之前的顽强"摸鱼"帮自己找回一点儿有控制感的悠闲。

　　"摸鱼"哲学不动声色地成为新型职场消极哲学，它的诱惑在于其中包含的忙里偷闲、苦中作乐，所以哪怕有时候我们已经在休息了，但还是在一刻不停地刷手机。遗憾的是，即使是休息，想要获得高质量的娱乐和休闲，其实一样是需要思考的，而"摸鱼"不需要思考，只用一些简单的手指动作，便能让人获得瞬时而同质的快乐。所以"摸鱼"只是一种瞬时体验，而不负责解决任何根本问题，因为它像我们厌恶忙碌又难耐清闲一样，只是以一种抗拒的姿态声明自己"不想要什么"，但不能给出建设性的回答。

　　在忙碌和清闲之间摇摆不定的年轻人，需要回答的是有关时间的失与得的问题。如果忙碌已经成为当下不得不面对的生存现实，那么"摸鱼"则更像一边抵抗职场内卷，一边掩盖自己始终找不到彼岸的焦虑的混合物。

　　在越来越密不透风的当代生活里，忙碌被视为洪水猛兽并不奇怪，只是清闲看似平易近人，若想接住它却需要十足的清醒与坚定。

（摘自《读者》2021年第18期）

限量版人生

黄竞天

一

我在欧洲读书期间，为了赚生活费，曾经做过兼职导游。我带了不少国内来的旅游团，这些团的客人虽然来自祖国大江南北的不同地方，但有两个共同点：其一是经济条件普遍不错，人手一只名牌旅行袋和奢侈品手袋；其二是不管他们操着什么地方的口音，下了飞机之后一定会问我以下几个问题：

"这里的奥特莱斯在哪里？"

"我要帮朋友带点化妆品，要去哪里买？"

"我听说这里的某某名牌包很便宜，什么时候安排购物？"

虽然我很努力地安排了丰富多彩的游览项目，但城堡、教堂、博物馆对他们的吸引力，似乎远远比不上奢侈品专卖店。就算我费尽口舌地介绍各个景点有怎样的历史和底蕴，他们也不过草草拍了几张照片就意兴阑珊。

有一次，我问一个正在卖场像买白菜一样疯狂抢购名牌箱包的客人，为何千里迢迢地来到欧洲，却把时间都花在这些国内随处可见的品牌店里？她带着一脸难以置信的表情望着我，举起她刚刚抢购到的包说："怎么会一样呢？这可是限量版啊，无论是做工还是质地，都是国内买不到的。"

在那一瞬间，我很想回问她："那么你这一次所看到的风景、走过的道路、吹过的海风，何尝不是全球限量版的，为什么不好好欣赏？也许你这一辈子，只有这样一次宝贵的邂逅！"

但是我没有这样问，就像我不明白一个手袋为何能够受到如此疯狂的追捧，卖出比它的成本高出几十倍、几百倍的价格一样，她们也不会明白，这些看似普通的风景和日常的瞬间，究竟有什么意义。

二

很多追求"限量版"这三个字的人，实际上并不明白"限量版"这一概念的由来。

在维多利亚时代的英国，流传着不少关于英伦贵族的传说。其中一个，与皮鞋有关。

在那个时代，贵族阶级的绅士们大多有几双价格不菲的皮鞋。这些鞋子都是手艺出色的匠人花很长时间和很多精力纯手工制作的，价格很贵，品质也很优良。如果是穷人家，一双鞋可能穿几个月就要换。但对于很少自己走路、又颇为爱护皮鞋的绅士们来说，一双皮鞋甚至可以保存十年、二十年。在主人日复一日精心护理之下，时间久了，这样的皮鞋不仅是鞋主人独一无二的珍宝，也成了他们身份的象征。这就是最早的"限量版"。

我曾经看过一本人物传记，书里描写了一个旧时代的伦敦绅士，他的日常爱好之一就是擦鞋。对他们来说，使用历史悠久的旧物不仅不寒酸，反而能体现爱物惜物的绅士精神。

但到了如今，虽然我们身边有越来越多的人穿得起昂贵的皮鞋，但又有多少人能够对它们细心护养呢？几乎都是穿了没几年就已破旧不堪。而鞋子的主人也毫不心痛，大不了再买一双就是。那些匠人的辛苦、精选的优质鞋料，对他们来说和机器量产的工艺没有什么分别。他们只看到价格，看不到价值。

三

一双鞋，经过几十年的岁月磨砺，成为绝无仅有的限量版；一段人生，同样也能够在时间的发酵下，变成独一无二的限量版。

说到限量版人生，我想讲一个设计师的故事。

她的名字叫 Phyllis Sues，今年已经是一个93岁的老奶奶了。单就名气而言，她算不上国际一流的设计师，但她有一段传奇的人生。说她传奇，并不是因为她是名门之后，或是有惊世之颜、倾城之姿，相反的，她倒像是一朵风雨中的野玫瑰一般。

她14岁开始学习芭蕾，20多岁的时候，成了一名百老汇的专业舞者。

真正令人惊叹的，是她步入老年之后的人生。在大多数人都选择退休养老的年纪里，她却选择了不一样的活法。

50多岁的时候，她创立了自己的时装品牌；70岁学习作词作曲，并且学了意大利语和法语；80岁开始跳探戈和秋千体操，从腾飞带来的灵感当中，创作出了人生中的第一首歌曲；85岁开始人生的第一堂瑜伽课；90岁的时候完成了一次高空跳伞。

而就在去年，她在自己92岁生日的时候，和她的舞伴老师一起，给来参加生日聚会的朋友们表演了一场精彩纷呈的探戈。而这段舞蹈视频，通过互联网传遍了全球。当我在视频当中看到这位耄耋之年的老奶奶美丽而又优雅地出场，随着音乐步伐稳健地做出一个漂亮的旋转时，我不由自主地为她喝彩鼓掌。

所谓限量版时尚的重点是什么，是设计、颜色，还是材质？我认为都不是。它其实是一种有关生活的态度。无论是品牌也好，人也罢，最重要的都是灵魂。没有灵魂的设计不过是在堆砌衣料，而没有态度的人生不过是随波逐流。Phyllis 有这个态度。

四

买一个包很容易，但是要保持它常年如新，却考验着主人的功夫。

消磨掉一天的光阴很简单，但是要用和别人相同的时间，创造出专属于你的价值，却不容易。

就像每一个限量版的产品都是工匠心血的结晶一样，你的人生，也是你通过每一分、每一秒的累积，打造出来的独家限量版。

除掉睡眠吃饭等，人的一辈子不过只有一万多天。所谓限量版的人生，就是充实、多彩地度过生命里的一万多个日子，而不是简单地将同样的一天重复一万多次。

　　未必奢华，但却独特；无须第一，但却唯一。

（摘自《读者》2016年第17期）

自知者不怨人，知命者不怨天

马未都

中秋节那天，我在微博后台看到一个孩子给我写的信。信是手写的，满满当当四页稿纸，以图片的形式发过来。信上的钢笔字很清秀、很规矩。

我年轻的时候是职业编辑，因此对手写的文字有种天然的亲近感。在这四页稿纸里，他讲了自己的身世和故事，工工整整，文理通达。他所讲述的人生十分不幸：在农村长大，小时候受人歧视，家庭氛围很不愉快，甚至还有家人自杀，等等。

读完这封信，我通过微博私信跟他简短地聊了几句。我问他现在的工作状况怎么样，他说他大学毕业后去了一家银行，工作了四年，不是很愉快，也不能实现人生价值。正好北京有一家公司招人，他就来了北京。那是一家做小额贷款的公司，基本是靠骗人维持运营。他心里跨不过这道坎儿，公司允诺的工资也没有兑现。

他是在很郁闷的时候，给我写这封信的。我告诉他，我们观复博物馆正在开发一个 App，他可以去试一试。

几天后，他告诉我，他试过了，觉得那些岗位都不大适合。我问他学的是什么专业，他说统计学。我说，开发 App 正好需要一个学统计的人，你愿不愿意尝试？他觉得自己没能力做这份工作，很礼貌地说了"谢谢"，这事儿就过去了。

一个月后，还是在微博后台，我收到他发来的一条信息。内容是："斯人已逝，谢谢你在他人生的最后时刻，给他安慰。"当时，我的心一下子就沉到底了。

我通过所有可能的途径，急切地想跟他的家人取得联系，但是没有联系上。最后，他的微博永久关闭，内容全部被清空。

这个孩子，仅凭一手好字，就有无尽的价值。我当时还想，正需要这样能做抄录工作的人——我们有很多信件，手写比电脑打印显得更加亲切。

如果他能够跨过这道坎儿，他的世界一定会更开阔。所以古人说"自知者英，自胜者雄"，我们每个人都要做生活中的英雄。

很多年轻人羡慕我，我却觉得，什么都不如年轻好。只要年轻，未来就有无限的可能。

人生的目标不一定宏大，有些人在达成所愿后才能感到愉悦。对我而言，很多目标根本达不到，但我一直在努力。

荀子说："自知者不怨人，知命者不怨天。"公平是相对的，当你在生活、学习、工作中感到不如意的时候，一定要放平自己的心态，了解自己在社会整体架构中不过占据很微小的位置，这样你的内心才能强大。

（摘自《读者》2021年第21期）

人海之中，找到了你

六神磊磊

一

在1983年版的《射雕英雄传》里，有几句歌词——

人海之中，找到了你，一生便有了情义。

人生匆匆，心里有爱，一世有意义。

原唱是罗文和甄妮。现在罗文早已作古，甄妮也已经过了花甲之年。

提个问题：这几句歌词，到底指的是谁？可能很多人会回答，那还要问吗，是郭靖和黄蓉啊。

但我觉得，这几句歌词，用在另外一群人身上也很合适。

那就是江南七怪和郭靖。

二

《射雕英雄传》的故事，基本上来自一场脑洞大开的赌局：江南七怪和丘处机打赌，他们分别去寻找一位忠良义士的后人，一个找郭靖，一个找杨康，将他们抚养成人，并传授武功。

他们约定，十八年后，双方在嘉兴府醉仙楼头相会，让两个孩子比试武艺，以定输赢。

这是金庸笔下最大的一场赌约，真的令人怀疑双方一定是疯了。

首先，能不能找到这两个孩子都是个问题。那时候刀兵四起、生灵涂炭，两个遗孤很可能早就死了。就算孩子没有死，人海茫茫，哪能保证找得到？

退一步说，就算真的很快找到了，还要玩命教育十八年。人生苦短，能有几个十八年？

可是江南七怪居然干了：柯镇恶豪气充塞胸怀，铁杖重重在地下一顿，叫道："好，咱们赌了。"韩宝驹道："好，救孤恤寡，本是侠义道该做之事。"朱聪则是扇子一张，道："我们七怪担当这件事就是。"

三

七怪从江南一直找到蒙古大漠，一路上艰苦卓绝，却都没有半点郭靖的消息。

他们甚至做好准备，要找足十八年为止，那时再去嘉兴醉仙楼向丘处机认输。

六年后，七怪终于在蒙古找到郭靖，喜从天降的那一刻，他们的反应是这样的：韩小莹欢呼大叫，张阿生以拳头猛捶自己胸膛，全金发紧紧搂住了南希仁的脖子，韩宝驹却在马背上连翻筋斗，柯镇恶捧腹狂笑，朱聪像一个陀螺般急转圈子。

人海之中，终于找到了你。

可惜他们高兴得有点早——千辛万苦找来的郭靖，原来又蠢又木，太难教。

师父们经常被郭靖的天资气得想打人。连最疼郭靖的韩小莹，也曾经气得把剑摔到地上。

他们无数次想：值得吗？但第二天又耐着性子，给郭靖从头讲起。

大漠里的风沙摧残了他们的外貌。韩小莹本是江南女子，皮肤如雪，有一头乌黑的秀发。可现在皮肤粗糙了，"鬓丝均已星星，已非当年少女朱颜"。但他们还在坚持。

四

经常有人问：江南七怪不是绝顶高手，为什么会给我们留下那么深的印象？

我觉得大概一分凭的是武功，九分凭的是侠义。

十八年，远离江南故土，也远离了逍遥自在、吃酒赌钱的市井热闹生活，把心血都花在郭靖身上。这种事除了他们，还有几个人能做到？！

丘处机的一段话，大概可以作为注脚："七侠千金一诺，间关万里，云天高义，海内同钦。"

他们坚持的这件事，到底值不值得呢？我觉得要看你怎么理解。从享受人生的角度看，当然是不值得。大好光阴，干点什么不好，非要跑到大漠吃沙子？

但如果换一个角度，人的一生，用十八年做成了一件事，做得惊天动地、海内同钦，是不是又很值得？

他们的坚持，其实是成就了自己的人生，让时间变得有了价值。

哪怕是很多年之后，哪怕是邪魔外道、大奸巨恶，比如李莫愁，在说起七怪时，第一反应也是这样一句话："七怪……收下一个徒儿大大有名，便是大侠郭靖。"

五

南宋词人张孝祥曾经写过这样几句词："素月分辉，明河共影，表里俱澄澈……应念岭海经年，孤光自照，肝肺皆冰雪。"

江南七怪，就是一群表里澄澈、肺肝如冰雪的人。

多年后，郭靖站在襄阳城头。师父们的使命已经完成，江湖的舞台留给他了。

面对天下无敌的蒙古大军，他力战不屈，使襄阳城多年来始终屹立不倒。

在最难的时候，他一定经常想起师父们，想起母亲教育他的话："你的七位师父远赴大漠，风刀霜剑，教你养你，历经千辛万苦，是为了让你做什么样的人？"

郭靖大概会默默告诉师父："当年，你们可以坚持十八年，现在我也可以。"

　　所以说，杰出的人生都有过一番伟大的坚持。

　　"平凡"的江南七怪被武林敬仰，木讷的草原小孩郭靖成为一代大侠，皆因"坚持"二字。

（摘自《读者》2018年第5期）

忘 记

王鼎钧

报上登了《十件值得忘记的事》一文，是十条别开生面的格言。里面有：忘记你给别人的好处；忘记别人对你的夸奖；忘记朋友和你的争吵；忘记你过去的不得意；忘记谁对不起你；忘记你自己的学问和能力；当你工作的时候，忘记跟工作没有关系的事；当你休息的时候，忘记工作……

有一句话是"忘记你过去的不得意"。不得意的事，人人都有，所谓"不如意事常八九"。怎么对付这些不如意的事呢？忘记它！

这句话的意思，不是教人忘记过去的经验教训，不是教人麻木，它的意义，要从另一个角度去寻找。人人都可能受到打击挫折，受过打击和挫折的人，他的心灵会留下伤痕。这伤痕后来大概都结了疤，但是有时候还会痛。有些人，常常不忘记自己的伤痕，常常欣赏自己的伤痕，在伤痕不痛的时候，故意碰它，好像痛起来也是一番享受。这不好。人要"忘记背后"才能"努力向前",手扶着犁耙不能总往后看,因为人的注意力、精力都很有限。

一个人如果常常为过去的失败而感伤,日子久了,会养成一种感伤的习惯,情感脆弱,意志消沉,容易变成悲观的人物,看什么都是灰色的。他预料一切事情都不可能成功,因为他在潜意识里觉得,失败比成功好,灰暗比明朗好。只有失败,才能显得他品质高贵,才有机会让他自怜自爱。这种心理,叫作"悲剧主角"心理。

所以,"忘记你过去的不得意",这句话是值得拿来高声朗诵的。人不经一事,不长一智。有了失败,才有经验;有了经验,就要利用旧的经验向前、向上去创造新的生活。好比走路,我们记得经过了哪些地方,可是我们必须要一直走,一直往前走。

(摘自《读者》2018年第6期)

跑得慢才能跑得远

毛大庆

确诊抑郁症之后，医生很明确地建议我用药物治疗。这些药都不是常规性的药，而是精神类药物，副作用也很奇怪，并且一次要吃6种。我活了40多岁，平常很少吃药，这对我的打击很大——难以想象从43岁开始就要和药物为伍，甚至相伴一生。

我突然意识到，人到中年，开始面临各种各样的阻力，包括年龄。很幸运，那时公司要求由管理层做健康生活的表率，副总裁、总经理带着大家跑步，所以我必须身体力行。

这期间碰到几个很好的教练，他们用非常柔性的办法教我。从最初的健走开始，然后是跑步，800米、2000米、5000米，直到现在，我已经跑了59个马拉松。具体过程我已经记得不太清楚，只记得跑完第一个5000米时的感受——觉得人生好像推开新的一扇窗。

我中学时，体育经常不及格，因此无法上我理想中的学校。自那以后，我决定告别体育，尤其是跑步，以至于后来一看到电视里播放田径比赛，我就关掉。

从教练带我，到自己跑完5000米，我觉得自己好像成了传奇人物。当我跑完第一个5000米后，连续6天我天天跑5000米，以此来证明这件事是真实发生的，我真的能跑下来。

这种喜悦是在任何工作和学习中都无法感受到的——我居然能够完成这样一件和我完全"绝缘"的事。这给我一个启发——很多时候，是自己的心理暗示阻挡了人生的多种可能。

从那之后，我开始挑战半程马拉松、全程马拉松，一旦跑下来，就会有无与伦比的成就感。印象最深的是，2013年的春节，我去香港跑半程马拉松。在那里，我碰到了世界上年龄最大的马拉松参赛者辛格，他已经101岁了。他在这场马拉松赛上宣告，此后不再跑马拉松了。当时，我和他相向而行（他是全程我是半程，出发时间不一样）。当我们在某一路段相遇时，我迎面看到一个101岁的长者，白须飘飘，身边是一群他的年轻拥趸，那个场景至今留存在我脑海中，难以磨灭。那种和年龄的抗争，那种生命的活力，一想到此，我就觉得自己真是太年轻了，人生才刚刚开始。

马拉松这项运动，永远都是自己与自己的比赛。开始的时候总想跑得快，想超过别人。后来发现，这根本没有意义，总有人比你更快。最终，我总结："跑得越慢，才能跑得越远。"

生活中也是这样，很多人总是追求快，但是没能走得更远。

（摘自《读者》2019年第4期）

大提琴家的左手

周志文

这是很久以前的一场经历。

演奏会结束了，我们到后台向这位国际知名的大提琴家致敬。他伸出右手跟我握手，我说："真是漂亮的演奏呀！尤其是勃拉姆斯那首。""我也觉得。"他十分高兴地将他的左手压在我被他握着的右手手背上。我突然觉得手背一阵刺痛，像是被什么割着了，但出于礼貌，不好意思缩回手。他一定看到了我的表情变化，将他的左手在我面前扬了扬，说："比木匠的手还粗，是吧？"

那确实是比木匠的手还粗的一只手，拇指和食指中间虎口的地方长着一层厚茧，而从食指到小指的指尖部分也都长着厚厚的粗皮。这些粗皮如果盖住他的指纹，那他就成了没有指纹的人。当时我想，假如指纹也长在粗皮上面，那他的指纹势必改变了原来的排列纹路。

我抬头看这位面容俊秀、神采奕奕的乐坛大师，谁会想到他的手竟是那样的粗糙呢。后来我才想到，那只长着厚茧的手，每个指头都因增生的皮质而变形，是因为他数十年来夜以继日练琴的缘故。虎口处的厚皮，是在琴梁上摩擦出来的；四指上的粗皮，是因按触琴弦而磨出来的。那绝对是一只粗糙而丑陋的手，但美丽而神奇的音乐却由那里流出，像汩汩清泉，可以拿来止渴，可以拿来明目清心，更可以拿来荡涤人的灵魂。这样的音乐，原来来自一只已显然变形的手。

后来我听说，拉小提琴和中提琴的乐手，也有同样的问题。他们的手因为长时间紧压琴弦，都会长出厚茧来，但究竟比不上大提琴乐手，因为大提琴的把位较宽而琴弦较粗。低音提琴的把位更长、琴弦更粗，但在音乐会中用到低音提琴的机会不多，而且低音提琴很多时候是用拨弦来打拍子，所以低音提琴手的这个问题可能不太严重。不过据音乐界的朋友说，手上长粗皮，在弦乐演奏家身上，是再正常不过的事了。

美丽的音乐，原来来自那么不美丽的手。

（摘自《读者》2018年第7期）

我恰恰喜欢这样

余秀华

一些野菊花在风里摇晃。它们开的时候我总是不够热心，等到快凋谢的时候，我才想起它们那样灿烂过，但是好在，它们开的时候，我也在盛开的时间里。

一朵菊花，可以看到太阳和太阳来回的过程，因此我们具备了热爱万物的心肠。也许宇宙不止一个，它以不同的形式躲藏在万事万物里，能看见的眼睛是慧眼，能感受到的心灵是慧心。我们的一生不过是从愚昧到智慧的行走过程，所以那么多细枝末节都理应用心去爱。

一朵菊花也足以看透人世苍凉：准备了那么久，不过几天的花盛之期。如同一个人刚刚知道打开生命的方式就已经老了；也如同一段爱情，刚刚给出甜蜜就已经厌倦。时间匆忙，我们在无限的无序里，好不容易找到一种明确，而这明确似乎还不够充分就已经模糊。

所以世界的样子就是你眼里的样子。除此以外，没有其他可以说服自己的了。但是我恰恰喜欢这样。

我走得很慢。野菊花也凋谢得慢，它们对急匆匆地绽开已经有了悔意。"天色阴沉就是赞美。"这句话可以延伸出无数类似的语句，但是这一句独得我心。大地上的每一天，每一种植物，每一次绽开和枯黄都是赞美：赞美被看见，赞美看见了的人。有时候我觉得活着本身就是对生命的赞美，残疾本身就是生命的思考。思考的过程中当然允许痛苦。

而孤独是一个人对自己最崇高的赞美。

村庄寂静，一些人从身边经过，她们曾是泼辣的小媳妇，现在她们的身边有了女儿的女儿，她们是奶奶辈了。小小的孩子跌跌撞撞地在花丛里挪步，她们小心翼翼地跟在身后。人老得无声无息，也老得细水长流，而衰老的哀伤也就细水长流，没有轰轰烈烈之感了。

在这些赞美和被赞美的事物里，我总能感到浩大的哀伤。这哀伤因为大而自行稀薄，它让人空余出力气把余下的日子过完。我们不能用生命的虚无来体罚自己，它就应该琐碎到柴米油盐、鸡鸭猪狗。每一张蜡黄的脸都应该获得尊重：她们承担了我们没有说出的部分。

（摘自《读者》2019年第5期）

灵魂的高度

冯 欢

　　米歇尔·派卓西安尼，法国爵士乐钢琴大师，世界钢琴史上最著名的"小巨人"。因为罹患成骨不全症，终其一生，他的身高不及1米。

　　他的整个童年都在家中度过，陪伴他的除了父母和两个哥哥，还有和吉他手父亲每天在一起排练的爵士乐队。7岁那年，他看了一场钢琴音乐会，着迷到神魂颠倒。当父亲把那架88键的钢琴抬进家时，他爬上钢琴凳，完整地演奏出一首父亲常听的爵士曲。从音准到节奏，没有丝毫差错。

　　此后，他每天练琴十几个小时，从古典到爵士，坚持了7年。

　　第一次登台很有戏剧性。1979年，爵士小号大师克拉克·泰瑞和他的乐队在欧洲巡演。在法国克里乌斯克拉的音乐节上，台下人山人海的观众等待着，乐队的键盘手却迟迟未到场。泰瑞在独奏了几首单曲后向台下问道："有没有人可以替代我们的键盘手？"17岁的他由父亲抱着上了台，他坐在钢琴凳上就像个五六岁的孩子。

泰瑞无奈地笑道："那我们就来一首儿童歌曲吧。"泰瑞吹了几个简单的音符，没想到米歇尔却即兴演奏起来。他不仅熟知泰瑞的每首曲子，更会在原有版本的基础上发挥，台上台下沸腾了。

不计其数的经纪人和爵士乐大师向这颗新星发出邀请，希望与他合作。然而，父亲以健康问题为由拒绝他外出。那时，他的病情正逐渐恶化，双腿僵直，无法自由行走。但是如果不走上舞台，他将永远只是一个被锁在屋子里的侏儒。红极全球的爵士鼓手洛马诺成了他的伯乐，每隔几天，洛马诺就来他家一次，劝说米歇尔的父亲给予这个小天才最大的自由。从巴黎到纽约，他在十几年的时间里红遍了全球。他像对待古典音乐一样严谨、精准地演奏爵士，用那双张开不到一个八度琴键宽度的小手奏出如陀螺般回旋不已的生命力。仔细看他现场演出的DVD，不难发现，他的左手已经变形，手掌、手腕都往内倾斜，甚至爬上钢琴凳都那么不易。他说："观众第一次来听我演奏，常常是基于好奇。但大部分人会再来，那就纯粹是为了听我的音乐了。如果我真的高大，那也是矮小成全的。"

无数的邀约，一年220场音乐会，打破爵士唱片纪录的数十万张的销售量……他创造了奇迹，也是20世纪最后20年间爵士乐王国最珍贵的记忆。声誉如日中天之际，他仍每天坚持练琴，直到在钢琴上折断指骨，乃至死神降临。1999年1月6日，他因肺炎病逝于纽约曼哈顿，享年37岁。

（摘自《读者》2010年第21期）

只要有梦想

张世普

在报纸上看到一则新闻，心头顿时充满温馨。

一位日本老妪，在99岁生日的时候，出版了她的首本诗集。在诗歌衰落的日本引起了极大轰动，销量突破了23万册。在日本国内，这是个奇迹。因为即便是专业诗人，经过出版商包装策划出版的诗集大多也只能卖出几千册。而这位近百岁高龄的老太太的诗集，首印1万册竟然一售而空，连续加印了8次仍供不应求。

她从92岁那年才开始写诗，原因很简单，是儿子怕她感到孤独，希望她写点文字聊以慰藉寂寞。而她恰好喜欢诗歌，于是就拿起了笔。诗写得多了，就向报社投稿，她的诗并不华美，近于白话，简短易读，都在14行以内，只是充满了彩色的梦想，字里行间有一种难以言传的朝气流动其中。编辑们深深被这位特殊的作者感动，《产经新闻》特意为她开辟了专栏。她的读者从14岁到100岁都有，出版社收到了近千封读者来信，很多读者读了她的诗后有种想流泪的感觉。

她在一首诗中写道："就算是九十岁 / 也要恋爱呀 / 看似像在做梦 / 我的心已经飞上云端。"一个白发苍苍的老妪写的诗之所以会有那么多的人喜欢，或许是因为那颗写诗的心永远保持着不褪色的纯真和浪漫。这是命运赐予追梦人的最崇高的现实享受。而这样的心境，或许有的人一辈子都感觉不到。

梦想成全了人生。一个人有梦想，活着才觉得有意义、有趣味。一个忠实于梦想的追求者，不知道什么是老之将至。梦想是与岁月的较量，只要有梦想，就征服了岁月。否则，历尽沧桑的百岁老妪，如何仍能写出青春少女情怀的诗歌。她虽不能拒绝岁月的流逝和命运的沧桑，但却拥有了超越岁月的青春。

（摘自《读者》2010年第21期）

克莱因蓝

陆小鹿

"当我闭上双眼，想起伊夫·克莱因，脑海里便浮现出一个身影，整洁的衬衫、卷起的袖子，他那饱蘸蓝色颜料的滚筒刷，正将一块块空白填满……"这是朋克摇滚女王帕蒂·史密斯在其《第五元素》中描写的一段文字。

短短几十个字，生动鲜活地刻画出克莱因的形象——他爱穿白色衬衫，他的滚筒刷长年累月只浸润一种蓝色颜料，这种蓝色正是以他的名字来命名的——国际克莱因蓝。

伊夫·克莱因，1928年生于法国尼斯，早年热爱武术，学习柔道，后来喜欢上绘画，最终成为一名前卫艺术家。

早期，"单色"是克莱因的独属标志。

19岁那年，他开始创作《单音 - 静默交响乐》。这段音乐分为两部分，首先是一段连续的单音调旋律，接着，是一段持续的静默。这一交响乐后来被认为是克莱因"单色画"的声音表现形式。

22岁那年，他开始沉迷于用水粉和水彩创作"单色画"，黄的、绿的、粉的、灰的……什么颜色他都尝试。只是，这些"单色画"看起来多么不像画啊，看上去只是色彩填满了画布而已。

不出所料，5年后，他带着自己最得意的作品《橙色》去沙龙，满心期盼能被展出，结果却被无情地拒绝了。他得到的评语是："这幅作品真的是不太好。如果您能接受至少添上一小道，或者哪怕是一点点别的颜色的建议，我们也许还会同意展出，但是如果只有一种颜色，不行，不可能的。"

普通人到这种时候往往会知难而退，但克莱因选择了坚持。

拒绝促进了克莱因的自省，他决定放弃其他单色，全力绘制蓝色，以世上绝无仅有的蓝色来开天辟地、乘风破浪。他说："天空或海洋等无限空间的蓝色，是唯一而且绝对迷人的色彩。"

1956年秋天，克莱因和巴黎的化学家共同研制出一种近似群青蓝的色彩，他用这种蓝绘制出一系列蓝色单色画，并为这种颜色申请了专利，将其命名为国际克莱因蓝，从而开创了属于自己的蓝色王国。

他开始不断尝试新的艺术形式及表达方式。在"蓝色单色画"展览的开幕式上，他放飞了1001只蓝色气球。

克莱因又将这种风格从绘画领域拓展到行为艺术。他将一块涂了克莱因蓝的画布固定在自己的雪铁龙汽车上，从巴黎开到滨海卡涅，画布经过风吹雨淋，最后变得斑驳不堪，这就是一幅天然去雕饰的画卷。他站在高处，面朝天空，双臂先是交叉于胸前，而后张开纵身一跃，看起来不像坠落，反而如同起飞，完成了著名的新现实主义艺术作品——《跃入虚空》。

　　我欣赏克莱因对色彩的坚持、专一和享受。在他的艺术作品展览会上，我看到一大片的蓝色，蓝得那般纯粹，足以震撼人心。单调的色彩也能唤起心灵的感知，我感受到了克莱因对蓝色的一往情深，情深如海。

（摘自《读者》2020年第7期）

坚持等待的人

岑 嵘

在浙江横店，有一群被称为"横漂"的群众演员，他们工作很辛苦，有时需要在夏天穿着厚厚的戏服，有时需要在泥水里翻滚，但收入很低。对大多数"横漂"来说，让他们坚持下去的理由，就是成为知名演员的希望。

还有很多人，坚持不懈地写小说，几乎将所有的业余时间都花在这上面。他们接到出版社一次又一次的退稿信，而让他们坚持的，是有一天自己的作品成为畅销书，被放在书店显眼位置的希望。

《黑天鹅》的作者塔勒布把这样的职业称为"成功集中"的职业，因为"他们把大部分时间花在等待重大日子到来的那一天，而这一天，通常永远不会来"。

能坚持这样做并不是一件容易的事情。人们习惯于从一系列稳定的、小而频繁的奖励中获得快乐，奖励不需要很大，只要频繁就行。我们的祖先每天出发去打猎或采集果实，他们需要当天或者几天内就得到成果，而不是等上几个月才猎到一头大象，那样的话捕猎者恐怕早就饿死了。

同样，如果我们一年赚了100万元，在之前的9年中一分钱也不赚（假如还不至于饿死），与在相同的时间里平均地获得相同的收入，即10年内每年获得10万元的收入，带来的幸福感是不同的。实际上，你的幸福感更多地取决于正面情绪出现的次数，心理学家称之为"积极影响"，而不是某次正面情绪的强度。

也就是说，只要是好消息，它究竟有多好并不重要。想要过快乐的生活，你应该尽可能平均分配这些"积极影响"，大量的、小小的好消息，远比只有一个非常好的消息更令人感到幸福。

我们常说，一场胜利会带来另一场胜利。当我们经历一场胜利后，激素的分泌会加速身体的反应，视觉会变得更敏锐，耐力也会增强，同时具有更无所畏惧的心态。然而失败也是如此，长期的失败会减少我们的激素分泌，我们的压力变得越来越大，直至破坏心脑血管，在一连串的失败后，我们不再相信自己有能力掌控自己的命运，这就会处于"习得性无助"状态。在这种状态下，动物会表现为，即使把笼子的门打开，它也不会逃走，而人则会自暴自弃、心灰意冷，坐在椅子上发呆。

当一件事情长期没有正面反馈时，这种长期的失落，还会损伤人们的大脑，侵蚀记忆力。海马体是掌管记忆的组织，也是大脑最敏感的部分，这一部分会吸收反复遭遇的打击造成的伤害，比如由于每天持续的、少量的不良情绪造成的长期压力。长期压力会对海马体造成损伤，使其发生不可逆转的萎缩。

因此，当你立志从事这些"成功集中"的职业，有时需要自己为自己创造奖励，即便你每一天都在作为群众演员为生计奔波，也仍可以总结出今天相较于昨天的进步；当你埋头创作那些无人赏识的作品时，起码你要认可艺术和文学本身就能给你带来快乐。

人们总认为某些成功的榜样能带来力量，比如"王宝强曾经也做过群众演员""《平凡的世界》也被退过稿"等等。但是，成功向少数人集中的问题，不单使大多数人无法得到奖励，而且还造成了等级差异。当片场里那些明星颐指气使的时候，手捧盒饭的"横漂"们感到的或许不是激励，而是体面与尊严的丧失。

等待是如此艰难，那么我们该放弃这些为了希望而坚持的努力吗？

这个问题的答案并非简单的"应该"或"不应该"，它其实是一种筛选机制。通过这种艰苦条件，才能筛选出真正有信念的人。而人类历史的进程，往往与这些能够坚守、推迟获得满足感的人有关。如果只着眼于眼前，航海家何必耗费数年去远洋航行，物理学家又何必耗费一生去寻找某个未知的粒子。于1977年发射的"旅行者1号"卫星如今仍在茫茫太空中飞行，当它获得"大奖"传回太阳系以外的珍贵信号时，那些设计它的科学家大都不在世上了。这可能就是对人类的坚持与等候的最好诠释。

（摘自《读者》2022年第1期）

海上的父亲

虞 燕

　　父亲每每回家，都携一身淡淡的海腥味。这个深谙海洋之深广与动荡的人，从来不会在家逗留很久，船才是他漂浮的陆地。漂浮的陆地——那艘木帆船，是父亲海员生涯的起始站。木帆船凭风行驶，靠岸时间难以估算。比起身体遭受的痛苦，精神上的绝望更易令人崩溃——四顾之下，大海茫茫，帆船在浪里翻腾，食物在胃里翻腾，跪在甲板上连黄色的胆汁都吐尽了，停泊却遥遥无期。吐到几乎瘫软也得顾及船员们的一日三餐。木帆船的厨房设在船舱底部，封闭、闷热、幽暗，父亲一点一点地挪过去，船颠簸，脚无力，手颤抖，连点煤油灯都成了一件艰难的事。借着煤油灯昏黄的光，他强忍身体的极度不适，淘米、洗菜、生火，实在受不住就蹲下来，靠在灶旁缓一缓，或喝下一碗凉水等待新一轮的呕吐。吐完再喝，喝了又吐，如此循环。

边吐边喝边干活是父亲那个时候的日常。

父亲跟我聊起这些时,一脸的云淡风轻,他说这是每个海员的必经之路,晕着晕着就晕出头了,一般熬过一年就不晕了。

也因为有这样一位海上的父亲,我跟弟弟从小的物质条件算是相对优越的。小岛闭塞,交通不便,父亲带回来的东西,都是那么稀奇。

荔枝最不易保存,却是我的最爱。那会儿船上没有冰箱,父亲每次去海南就会多买一些,装进篮子,挂在通风的地方。到家需航行一周甚至更长时间。他每天仔细地查看、翻动荔枝,捡"流泪"了的吃掉,将还新鲜的留着,几斤荔枝到家后往往只剩十来颗。看一双儿女吃得咂嘴弄唇,父亲不住叹气:要是多一些就好了。

父亲走出木帆船的厨房,是三年之后了。其时,木帆船已老旧,父亲被调到了机帆船,锚泊系岸、海面瞭望、开舱关舱、手动掌舵、柴油机维护等等,他早做得得心应手。船上经常会为争取时间连夜装货卸货,寒冷的冬夜,父亲和其他船员奋战在摇摆不定的甲板上,分不清劈头盖脸而来的是大雨还是大浪。一夜下来,他们原本古铜色的脸被海水、雨水泡白了,皱皱的,像糊上去一层纸。脱掉雨衣后,一拳头打在身上时,衣服上就会滴下水。

那是父亲海员生涯里的第一次生死历险。夜里11点多,父亲刚要起来换班,突然听到一声巨大的"砰"声,同时,整只船像被点着的鞭炮似的蹦了起来。父亲的脑袋嗡嗡作响,五脏六腑都像是要跳脱他的躯体。触礁了!他在第一时间冲了出去。船体破裂,过不了多久,海水将汹涌而入,将他们卷入巨腹。全体船员命悬一线。

船长紧急下令,把船上能漂浮的东西全部绑在一起,必须争分夺秒。

父亲跟着大伙疾速绑紧竹片木板之类,制成了临时"竹筏",紧张忙乱到来不及恐惧。

待安全转移到"竹筏"上，等待救援的父亲才感到后怕。环顾四周，大海浩渺，黑得像涂了重墨，望不到一星半点的灯火。彼时正值正月，寒夜冰冷刺骨，带着腥咸味的海风凌厉地抽打着他们的躯体，父亲的额头却不停地冒汗。时间一点点过去，他的绝望越来越深。老船员们不断地给他打气：一定要牢牢抓住"竹筏"，掉进海里就算不被淹死，也会被活活冻死，只要有一丝生的希望就绝不放弃。幸运的是，天亮时，有一支捕捞队刚好经过这片海域，救起了他们。

多年后，父亲早已被各种大大小小的惊险事故磨炼得处变不惊，而对于留守岛上的人，担惊受怕却从未停止。苍茫大海里不明所向的船只一再成为令我们惊慌失措的牵挂。

每到台风天，母亲都会面色凝重地坐在收音机前听天气预报。我跟弟弟敛声屏气，每一个字都似渔网上的铁坠子，拖着我们的心往下沉。在那个通信不发达的年代，无措的母亲跟着别人去村委会，去海运公司，那里的单边带成了大家最大的精神支撑。随着单边带的嘶嘶声，话筒不断地捏紧放开，代表船号的数字一个个呼出去，来自茫茫大海的信息一个个反馈回来，我们便在一次次的确认中获得慰藉和力量。

我见过父亲在陆上生活的百无聊赖和郁郁寡欢。父亲所在的那艘2600吨的大货船，货舱高达四五米，进出都必须爬梯子。几次爬进爬出后，不知道是不是体力不支，父亲竟一个趔趄滑倒于货舱底部，导致手臂骨折，被送上岸休养。待在家的父亲看起来羸弱而颓废，埋头从房间走到院子，又从院子回到房间，一天无数次。他三番五次打电话给同事问船到哪了，卸货是否顺利，什么时候返航。他像条不小心被冲上岸的鱼，局促、焦躁、魂不守舍，等待再次回到海里的过程是那么煎熬。

就休息了一个航次，还未痊愈的父亲便急吼吼地赶回船上。母亲望着他的背影咬牙道："这下做人踏实了。"

我时常想起那个画面：水手长父亲右手提起撇缆头来回摆动，顺势带动缆头做45度旋转，旋转2到3圈后，利用转腰、挺胸、抢臂等连贯动作，将撇缆头瞬时撇出，不偏不倚正中岸上的桩墩。船平稳靠岸。父亲身后，大海浩瀚无际，寂然无声。

（摘自《读者》2020年第11期）

并不会怎样

李进文

曾经每天骑着脚踏车上班，一晃也好几年过去了。突然某天，真的是突然，心想我不开车了，试着减掉一向觉得不可或缺的依赖，看看会怎样？车卖掉后，从此不必定检，不必缴燃料税和牌照税，不必付停车费，不必买车险，不必按时洗车和暖车，不必对油价敏感，不必再为迷路而困扰。

生活中我在意的对象，书是其一，减掉买书会怎样？也许就会回过头来温习旧书，"温习"这个词，在网络时代突然变得很陌生。温习，有一种心境安顿的感觉，有一种重新发现的惊喜，像和老朋友促膝谈心于树下，晚风习习，让焦躁的信息回归知识的安稳与人生的微悟。

陪伴小孩很重要，上了中学后，小孩没我陪伴也不会怎样。陪伴像是加法，用父母亲去加自己的孩子，愈加愈复杂难解。其实，陪伴更应该是减法，孩子只偶尔需要我静静地倾听，以朋友对朋友的眼神交流，其余，就让彼此享受那种减到最清净的孤独。每个孩子都需要品尝孤独的滋味，生命才会渐渐有厚度。他们从来都很清楚父母亲对他们的重视，但是，重视比不上一次面对面的注视。或许，最需要陪伴的，是我自己吧！我没有陪伴那个沮丧、失控、抓狂的自己，我没有以朋友对朋友的眼神注视自己。

手机坏了，心想完蛋了，大家都找不到我，后果一定会怎样怎样。但几天后发现，真想找我的就一定找得到（13世纪的波斯诗人鲁米说："每个爱你的人／都会在你消失不见的儿大爱上你"）。然而多数是不需要我的人，原来我不是那么重要。

在台北一直没买房子，也认真找过房，找到后来有一搭没一搭的。如果我的心就是一栋房屋，心内时时有家人，那么我移动到哪里，哪里就是家，没买房子并不会错过亲情。

没房子、没手机、没藏书、没车、没时时刻刻陪着孩子……会怎样？我自问，是因为害怕错过什么吗？我们明明知道人生难以掌握，却偏偏无法释怀。其实我们无时无刻不在错过生命中诸多选项，一辈子都在期待日子好转。错过不代表错，有时互相错过，是这辈子的幸运。

常常挂心工作，老是忘了亲情或者好好读一首诗比工作重要。工作到底可以怎样？如果不能怎样又会怎样？鲁米说："当你成为多，你就是无／是空。"

每天早晨试着对工作笑一笑，心怀感谢。感谢忍受我脸色的人们（波兰诗人辛波丝卡说："我亏欠那些／我不爱的人甚多"），他们提醒我别人忍受的底线是——不笑没关系，至少不能可笑。然而，工作应该还要再精简到它的核心，变成值得付出的事业，只有视为事业才能专心于每一次的对待——对待任何人和事都应全心全意。

　　不管减掉什么，生命中一定存在另一份工作，另一个梦想，另一种日子……鲁米说："黑暗就是你的蜡烛／你的边界，就是你追寻的起点。"种种希望的可能，总在减到最简单的时刻萌芽。

（摘自《读者》2014年第23期）

逆向而行

鲍鹏山

有一次，孔子和几个弟子在一起闲聊。大约孔老师最近心情有点压抑，他要同学们谈谈各自的志向和追求。

子路同学首先抢着表白：假如有一个国家，外面强敌入侵，内部饥荒连年，他受任于败军之际，奉命于危难之间，他将挽狂澜于既倒，支大厦于将倾，只要三年，就可以重建人们的勇气和信心，还能教会他们文明礼貌。

孔子给他一个含蓄的哂笑。

善于察言观色的冉求同学看出了老师哂笑的内涵——子路兄太自负了。当老师点到他的名字时，他站起来，有点惊慌失措：如果给他一个方圆六七十里——他看看老师——那就五六十里吧，这样的小乡，他可以负责一个乡的财政，三年以后，让人们富起来。至于精神文明这样伟大的事业，让高人来吧。

公西华年龄最小，刚入门，资历最浅，轮到他了，他期期艾艾地说，他正按照老师的教学计划，苦背各类礼仪制度，争取将来在人们祭祀天地祖先或诸侯会盟之时，穿上礼服，戴上礼帽，做一个小司仪。

有一个人，在师兄弟和老师谈论如此严肃的话题时，他却一直在旁边鼓瑟。瑟声泠然而悠扬，他也悠然而自得，好像旁边没人，又好像在为他们做背景音乐。

什么高人，如此超然？

他就是曾点，大名人曾参的父亲。

别人说完，轮到他了。

他站起来说：我和他们不一样，没得说。

孔老师坚持：不一样就不一样，志向哪能一样。他们说他们的，你说你的。

于是，曾点说了以下一番话："莫春者，春服既成，冠者五六人，童子六七人，浴乎沂，风乎舞雩，咏而归。"

这段话，有人是这样翻译的：

> 二月过，三月三。
>
> 穿上新缝的大布衫。
>
> 大的大，小的小，
>
> 一同到南河洗个澡。
>
> 洗罢澡，乘晚凉，
>
> 回来唱个山坡羊。

孔子一听，喟然叹曰：我赞成曾点！

目标远大的子路不明白，踏实苦干的冉求不明白，小心翼翼的公西华也不明白——我们的志向如此崇高，我们的工作如此辛苦，我们的担当如此沉重，而曾点，他说的，不就是放长假休闲嘛！为什么，为什么，这是为什么？！

是啊，为什么呢？我试着替孔子回答：因为，在大家都紧张的时候，曾点知道放松；在大家都浮躁的时候，曾点如此淡定；在大家都功利的时候，曾点能够超脱；在大家都负重的时候，曾点知道放下。

有时候，智慧就是：逆向而行。风景殊自不同。

（摘自《读者》2021年第3期）

缝锅人生

段奇清

他4岁那年，父亲因病去世，母亲不堪生活的重负，不久也撒手人寰。他不得不来到北京，和做锔匠的爷爷一起度日。爷爷一边教他识字，一边教他锔匠手艺。

凭着一股不屈的倔劲，他10岁时，便熟练地掌握了祖传的24样、72种、136道独门绝技。他以比同龄人硬朗得多的双肩，挑起了生活的担子。

怀着对美好生活的憧憬和向往，通过勤劳的双手，他将对美好的追求，钉锔在自己以及他人的心中。比如，遇到一个破损的口杯，他便在杯口锔上一朵荷花，在杯外锔上几条游鱼，这样，对"年年有余"的憧憬向往，就盛开、游弋在人们的心间。又如面对一个损坏的装水的碗或盘，他在其破损处锔上一条跃动的鱼，便意味着碗或盘的主人未来的日子会"如鱼得水"；或者在其破损处锔一只蝙蝠，象征着"福从天降"……

他不惜花费成本，在制作锔钉时，在黄铜中添加1/10的黄金，使得锔钉的延展性更好，不会生锈。就这样，一些破碎的物品，由于他的匠心独运，残缺变成一种美，化作人间最美好的祝福。

他就是1955年出生于辽宁省抚顺市的王振海。

一个个美好的期盼和祝福，无不倾注着他的全部心血。王振海曾遇到一个北宋时期的碗，碎成了100多片，几乎所有的锔匠都认为这碗无法修好了，王振海却一定要让其再显美于人间。他先是"找碴"，将100多片碴按大小、形状分类。接下来是对接碎片，然后，用绳子反复扎紧，再用弓子和金刚钻沿着裂缝两边钻出2/3深度的小孔。这时，在掺金的铜板上，先是剪下2毫米宽的直条，然后把直条剪成一个个菱形；根据两孔之间的距离，将菱形的铜片做成相应大小的花钉，一一锔上。他在瓷器上留下对世界的爱，留下一颗惜物的心，以及不懈追求的印记。

50多年来，王振海以自己的心血和汗水，锔了将近10万件作品。其中较为传奇的一件是"七合盏"，它由5个朝代的6片碎瓷组成。虽说是碎瓷组合成的，却严丝密合，滴水不漏，精美无比，世上仅有。

2011年春，王振海在香港举办个人锔瓷展时，这件"七合盏"吸引了众多收藏家的目光。一个美国人开出了1200万元人民币的价格，欲将其买走，但他拒绝了。王振海说，自己到世界各地讲授锔瓷艺术，开锔艺培训班，手艺可以传遍全世界，但任何一个古董物件，都不能从自己手中流向海外。如今的王振海，已是"国宝级锔瓷匠人"，被世人誉为"天下第一锔"。

日子如瓷器，由于它的易碎性，生活有时会碎裂成一块块困厄和不幸。但只要敢于对困苦"找碴"、挑战，本着一颗如金刚钻一般坚毅的心，就能将这瓷器碎片般的日子，缝锔得朴实厚重、超然脱俗，在给世界一份美好的同时，也让自己拥有不凡的人生。

（摘自《读者》2018年第14期）

对辽阔事物的想象

陈思呈

下午四五点的时候，从客顶（吾乡把韩江上游的客家地区称为客顶）回来的船就靠岸了。江上行船分客船和货船，从客顶运来的货，一般是杉木、竹子、煤炭、水泥，而从吾乡运到客顶去的，则多数是蚊香、草席和毛巾。

从客顶运来的货物中也有瓜果。黄皮柿比吾乡的大、甜，沙田柚饱满硕大，夏意浓时，更有浮瓜沉李。以上物产混杂在成排的杉木、成筐的煤炭中，把整个码头变成一个市集。

彼时我们这些江边孩童一哄而上，推推搡搡，在各种货担之间穿梭摸索。机灵的孩子顺手吃了不少，憨钝的孩子跟着雀跃、奔跑、傻笑，得到的快乐一点也不比机灵的孩子少。

住在江边的孩子，童年的乐趣要比城里的孩子多。城里孩子，比如我表妹，并不懂何为游泳。她客居江边时，听人言必称游泳，心生向往，央我外婆带她体验。我外婆不胜其扰答应了，让未满六岁的我表妹光溜溜地站在江边码头上，外婆用脸盆接了一盆水倒在她身上，说："这就是游泳了。好了！回家吧。"

我表妹就带着恍然大悟以及意犹未尽两种心情回家了。于是她在童年时代以为游泳就是一盆水从头淋到脚。就像我童年时一直认为人的牙齿分为西班牙和葡萄牙一样。童年时，谁没被耍过呢？没被耍过的孩童无以话人生。

江边昆虫多。无非是金龟子、蚱蜢、蝈蝈之类——有关诸虫，我只知道它在吾乡的俗名，若称呼学名，便有一种儿时一起撒尿和泥的小伙伴突然上了电视的诧异感——我们用绳子的一端绑着它们的腿，绳子的另一端绑在窗棂上。诸虫像西绪福斯一样徒劳地向窗外飞去，一次次被绳子拉回来，直到筋疲力尽。我们坐观其状，抚掌大笑，无底线地享受这残忍的快乐。

但晚上七点多时，外婆就喊我们睡觉了。那时我们房间唯有一个小灯泡，昏黄幽暗，使人望而生困。我躺在床上，总能听到窗外江边轮船靠岸的声音，先是一连串"噗、噗、噗"的声音，然后汽笛发出"嘟——"一声长鸣，我在这些声音里睡得特别香。

多年以后，读到土耳其诗人塔朗吉的诗歌："去什么地方呢 / 这么晚了 / 美丽的火车 / 孤独的火车 / 凄苦是你汽笛的声音 / 让人想起了许多事情。"塔朗吉的火车和我的轮船，是那么像——去什么地方呢？这么晚了。美丽的轮船，孤独的轮船。那在夜里泊岸或者在夜里起程的轮船，都让我想到这首诗。它们载着的，好像不是一船的杉木，而是一船的远方。

我说到哪了？对，说到下午四五点多的时候，泊岸卸货的轮船把码头变成一个集市。孩子们在杉木、竹排、水果担之间穿梭，乘客下船，顾客买货，一片忙乱。那个时候，船员们也没闲着，他们还要洗船。

他们用水桶从江里打来江水，一桶桶冲遍船舱的每个角落，瓜子壳、果皮、塑料袋、纸屑，混杂在洪流中消失。船身变得锃亮。洗船这件事，不知为何让人觉得很有快感，轮船仿佛巨人那样抖了抖身上的水珠，仿佛经过这一番剧烈的冲刷，让人注意到它的伟岸。

我呆呆地看着，看到船员们洗完船，各自回家去了。各种货物被他们的主人送往真正的市集。互相追逐的小孩发现新的目标。码头安静下来，轮船也安静了。这就是那些在深夜里发出"噗、噗、噗"声响的其中一只吧，从江的上游很远很远处开来，它经过的那些很远的地方到底是什么样呢？很远的地方一定是美的。

如果有时光机，我要向那个时候的我，介绍一本叫《白轮船》的小说。里面有一个小孩，每天都在岸边用望远镜看着伊塞克库尔湖上的白轮船。白轮船出现了，它有一排烟囱，船身长长的，雄伟而漂亮，它在湖上行驶，就像在琴弦上滑过。他立刻断定，他从未见过面的父亲——伊塞克库尔湖上的水手，正是在这条白轮船上。

这个孩子想象自己变成一条鱼，向白轮船游去。"你好，白轮船，这是我。"他对船说。然后又对船上的水手——他的爸爸，说："你好，爸爸，我是你儿子。"孩子想象着，可是他来不及想象故事的结尾，白轮船就开远了。他没办法想象白轮船靠岸之后的事，譬如说，船员们各自上岸回家了，父亲也同样要回家了，他的妻子和两个孩子在码头上等着他，这时候他怎么办呢？不行，最好还是不要去了。小孩子想着。白轮船已经远得只剩下一个黑点了，太阳已经沉到水面。小孩子把望远镜收起来。该回家了，白轮船的故事就此结束。

就这样，一天又一天，小孩想象着白轮船的故事，尽管他没有一天靠近过白轮船，尽管他不知道白轮船从哪里来，要到哪里去。但是，遥远的白轮船就是他的安慰。如果有时光机，我会向那个未识人间愁苦的当年的我，讲述这个孩子令人心碎的命运。

童心至为辽阔。看似不着一物、一无所有的童心，很可能有着超出我们想象的理解力，它一定能理解另一个处于截然不同的命运中的孩子。成年人强调物以类聚、人以群分，他们膜拜阶层。成年人难以理解与他们不同类型的人，他们的理解力太有限了，要用来理解自己的工作、自己的圈子、自己的现实。他们不会交付过多的精力给虚无缥缈的东西，比如说，不会给予一艘平淡无奇的轮船以恒久的想象。

同理，即使从未走出小城一步的孩子，很可能比走遍名山大川的成年人更能理解远方是什么。在每个看洗船的黄昏，在每个听着轮船汽笛声的夜晚，江边的孩子独自想象、独自回味。他们不觅知音，无须理解，像自学成才那样，建构了自己的远方。即使从未走出小城一步，也不会有逼仄的童年，因为日复一日对辽阔事物的想象，喂大了自己。

（摘自《读者》2018年第10期）

面对无望

宁　白

　　身边有这样一个人。

　　他从农村来，在城里读书，毕业后去了一家公司当会计，想娶公司一位花容月貌的女子。可恋人的母亲不甘心：农村的、矮个儿，自己的女儿怎么能嫁给这样的男人？比他大一岁的女子，却跟定了他。

　　等他人到中年时，先是儿子出了状况，患上一种很少见的神经系统疾病，行走困难，不停地摇头，表达不畅，生活难以自理，只能在家养着。还好，夫妻两个人照顾一个孩子，还过得去。至于孩子的前途，不去想了。

　　没过多久，他的妻子得了恶性脑肿瘤，幸好是早期，手术切除。他往返于家、医院，两头管着，忙，累，但还有希望。说起妻子的病，他并没有沮丧。

　　这微弱的希望维持了几年，妻子又患上甲状腺癌，再做手术，也还好，仍是早期，而且并不是脑癌转移所致。他心里仍存着希望。这希望的火苗有多大？从他的脸上看不出来。每天早上，菜市场，厨房，医院，再去上班。中午，回家，给儿子烧饭，自己也混上一口。下班，再去医院。

妻子回家养了没多久，突然摔倒中风，又发癫痫，不能言语，无法行走了。躺在康复医院的病床上，两眼直瞪瞪地望着他，叫不出他的名字。妻子偶有一醒，说："我不愿再回家了。"

从此，这"希望"两个字，他不敢去想了，它飘去了找不到的地方。生活之路，生命之途，也无法往前看了。

那一次见到他，看他精神尚好。我劝他保重。他说："还好，还好。"他向我复述每天家、菜市场、医院、单位、家、医院的行走路径。我听了有点儿喘不过气，发现他隐约地透露着疲惫。

这疲惫，不仅仅是身体的累，而是让"希望"这两个字搅的。一个男人，为两个最亲密的人，每天马不停蹄地奔波，又远远地避开"希望"这两个闪着亮光的字时，能靠什么去抵御劳累？

他曾经说，事情总得一件一件做，这是没办法的。老婆、儿子的病情，他不说会好起来，也不说会坏下去。他只想着今天该做的一件一件的事，要怎么做。

言谈之间，他从来没有说过"责任"这个词。"责任"显得太硬，生活中，太硬的承受往往会加重疲劳，而且容易折断。

那一次，他说了几句过往和妻子在一起时的情景，还算红润的脸庞上便泛出浅浅的笑容，犹如在一块巨石重压之下，于缝隙间开出的一朵淡淡的花。这让我觉得，他劳累的身体，被一种情感滋养着。这种情感，是年轻时的爱情与年长后的亲情相叠加的结果，柔软且具韧性。

这是他的精神支柱，也成了长燃于他心中的火，逼退了角落里那些无望的灰暗。即便看不见远方的希望，心中的温暖，也足以让这个男人每天跨出家门时，挺直腰板，步履坚定。

（摘自《读者》2021年第19期）

另一个世界的入口

林帝浣

一个做企业的朋友，有一次去海岛旅游，在海边钓上了一些小鱼，竟然中邪一样爱上了海钓，一发而不可收。

他的梦想是要钓上一条两斤重的石斑鱼。

我们知道，现在在南海要钓上一条超过一斤重的野生石斑鱼，不是容易的事情。

那个朋友花了大量的时间，研究矶钓装备和鱼饵，短短时间里，成了上知天文、下晓地理的专家。两斤重的石斑鱼还没钓到，花的钱都够买一吨石斑鱼了。

后来，有一次我和他去珠海的海岛上钓鱼，在大海中一块孤零零的礁石上过夜，用便携小煤气炉煮鲮鱼和方便面当晚餐。天微微亮时，朝霞红透了无边无际的海面，海浪拍打着脚下的礁石，数不清的海鸥绕着小岛飞舞。日出光芒万丈，浮云开合。

这是不是很有诗意的场景呢？其实我们不过是为了钓一条两斤重的石斑鱼而已。

那次，鱼依旧没钓到，但那天壮丽的海上日出，是很少人能看到的。

对那个朋友来说，诗和远方都可归结成一条鱼：那个等鱼上钩的孤独身影，就是诗；而那些为了钓鱼而涉猎的天文、地理知识，则成了他的远方。

我们知道，大气气压高的时候，水中氧气充分，鱼儿食欲旺盛，爱咬钩。我那个朋友，每次要跟客户谈生意、签合同，总要上观天象，挑个气压高的日子。

我们也知道，天文大潮时，鱼儿活跃，情绪高昂，不爱摄食，只想狂游。我那个朋友每次要开激励员工的大会时，都要找个天文大潮的时间。

当然，钓鱼说不上多"高大上"，但这点小小的爱好，却可以打开另一个世界的入口。

只要有一件无关紧要的小事，能让你不顾功利地沉迷进去，你就有可能成为有情趣、有诗意的人。

可以做木工，为了打造一把完美的小凳子，耗上你所有的业余时间；可以去拍昆虫，为了等一只蝉蜕壳，在森林里蹲上三天；可以玩烹调，为了做出一道完美的冬阴功汤，而跑遍整个泰国搜集香料；可以练书法，为了写好欧体，把《九成宫醴泉铭》里的每个字勾描下来写上一万次；可以为了喝到一杯好茶，把茶马古道徒步走上一遍……

这些事情，不需要辞职去旅行，不需要等你辛苦存到一千万，只要心里长了草，马上就可以开始做。不敢说这样做的人一定是十分有趣的人，但至少在独处时，他们的内心是丰富充盈的。不需要刷存在感，不需要呼朋唤友，纵横于酒池肉林。因为那些"烧脑"的爱好，已经足够塞满所有的思考空间。我相信，用很多的耐心和微笑，去等一朵花开放，有着非常重要的意义。

（摘自《读者》2017年第20期）

"挽救式"和"污染式"的人生故事

陈海贤

我有一个来访者，她对遇到的每个喜欢她的男生都非常戒备，觉得那些男生都在骗她。就算不是骗她，她也觉得，等他们发现她真实的样子后，就不会喜欢她了。这就是她心里的故事——一个欺骗和背叛的故事。哪怕她其实是一个漂亮的女生，受过很好的教育，在很不错的公司工作，也仍然无法改变故事的结局。在这个故事里，她不仅给自己分配了角色，还给别人分配了角色——被欺骗的人和骗子。她总是把自己想象得特别脆弱，哪怕她已经有了很多资源，哪怕确实有不错的男生对她表示好感，她仍然视而不见。

麦克亚当斯说，面对挫折，我们通常会有两类故事。

一类是"挽救式"故事。在这类故事里，通常有一个糟糕的开头，主角会遇到各种困境，但随着不断努力和探索，他最终会走出困境，过去的纠结可能豁然开朗。即使痛苦无法彻底消除，他也会积极地接受，以获得内心的安宁。如果我们秉持的是挽救式故事的想法，在遇到困境的时候，我们就会预测，自己逐渐走出困境，从中学习到人生智慧。

另一类故事是"污染式"故事。主角最开始的生活还不错，但是现实会逐渐把原先不错的生活打破。他会遇到各种麻烦，麻烦就像污染源一样，污染原先的生活。而他自己对此无能为力，一步错步步错，最终在悔恨中怀念过去。

如果我们秉持的是污染式故事的想法，身处顺境的时候，我们会担心好日子长不了，会有糟糕的事情来终结这一切，所以不敢好好享受；身处逆境的时候，我们可能会觉得，命中早已注定的倒霉事果然来了，转变带来的焦虑和迷茫都会变成证明自己无助的线索。这时候，我们就很容易陷入悲观和沮丧当中。

安东尼·波登是一位著名的美食家，他曾在随笔集《半生不熟》里写下这样一段话："我早在20岁就该死了。但在40岁的某一天，我突然发现自己火了。50岁的时候，我有了一个女儿。我感觉自己像偷了一辆车，一辆特别好的车，然后每天都在看后视镜，总觉得自己会随时撞车。只是到现在，还没撞上而已。"显然，他心里有一个典型的污染式故事。

而我看到这段话，是在2018年6月的一篇缅怀他的文章里——他自杀了。

怎么从污染式的故事变成挽救式的故事呢？我在浙江大学的时候，曾遇到一个来访者，他因为看了我的一篇关于"浙大病"的文章来找我。这篇文章写的是很多考到浙大的同学心里有一种奇怪的挫折感和失败感——他们都觉得自己本来应该去清华、北大。他就是这样，原来铁定要上北大的，结果错过了奥数的选拔。加上那年的高考数学题目太简单，他虽然拿了满分，却没能拉开跟其他人的差距，只好来了浙大。他在浑浑噩噩中度过了大一的时光，终于在大二振作起来，准备好好学习。结果他去医院检查时，发现自己得了骨癌。

当时，他每个月都要去医院例行检查。只要想到又要去做检查，他整个人就会焦虑得直冒冷汗。

那段时间，我只是在咨询室里陪着他，听他讲在癌症病房里遇到的各种关于生死的事，听他讲那些在病房一起合影的病友是怎么一个个消失不见的，听他讲病人要怎么决定，是锯掉一条腿，还是停止治疗接受死亡的命运。所有故事都是那种功败垂成的污染式故事，这给了他很多负面的暗示。

后来我离开浙大，有一段时间，我们失去联系。2016年，我收到他发来的一封邮件。他说自己毕业后去了一家基因公司实习，起因是他看到斯坦福大学关于机器学习的公开课，那里的老师说："如果有一天癌症被人类攻克，我相信机器学习一定扮演了重要的角色。"

这句话在他心里埋下了种子。他拼尽全力学好数据挖掘的本领，并从事这方面的工作，希望有朝一日能用所学本领对抗癌症。为此，他拒绝了所有大公司的录用邀请。当一家公司的人事主管问他："你把所有的录用都拒绝了，万一后面没有公司录用你怎么办？"他回答："很抱歉，我这一生都不会再给自己留后路了。"

对于癌症这种重病，死亡的焦虑会一直给人无形的压力。现在，他找到一个有形的敌人，并最终找到能够对付它的方法。这帮助他从对抗疾病的无助中走了出来。那时候他去复查，医生说他已经撑过了3年康复期，复发的可能性大幅降低。复查的频率从每个月一次变成了3个月一次。

后来，我又见到了他。我问他怎么样，他说工作得挺开心，就是疾病的阴影还在。不久前，他去跑了马拉松，而且是"全马"。他无法战胜身体的疾病，但他想战胜心理的疾病。"癌症病人"这个标签，给他带来了太多的焦虑和压力。他就是想证明，自己不再是一个病人，甚至能比正常人做得还多。

跑马拉松自然是艰苦的，可一直有一股力量支撑着他向前。最后一段路程要经过一条隧道，隧道很黑，他两条腿都抽筋了，心里很害怕。可是他跟自己说："我绝不能停在这里，就算爬，我也要爬到终点。"后来他就拖着抽筋的腿，一步步挪到终点。到达终点的那一刻，他哭得很厉害，好像那些疾病、那些痛苦的过去、那些日夜不眠的焦虑，都被抛到了终点线后面。

对他来说，跑步已经不只是跑步，而是变成一种象征，象征着他和疾病的战斗。这种象征编入了他的人生故事，获得了某种真实。最重要的是，这个故事已经不再是一个关于功败垂成的污染式的故事，而是变成一个人历尽艰辛战胜自我的挽救式的故事。这是他全部努力所追求的意义。

2018年7月是他复查的5年期，5年是一个重要的时间节点，如果这次检查没事，以后他就不用去医院复查了。我一直在心里惦记着他，并坚信他一定会平安无事。

一天，我收到了一条短信。他说："老师，我通过检查了，向你报个平安。我觉得自己像做了一个很长很长的梦，现在，我醒了。"

我很为他高兴，可是不知道怎么的，我的眼眶湿润了。

（摘自《读者》2021年第21期）

一道菜主义

陈晓卿

在北京西边找吃的，天宁寺是绕不过去的一个点。从西客站往东，无论是潮皇食府、顺峰金阁、倪氏海鲜还是长江俱乐部，都自称"餐饮航母"，原料新鲜，厨艺精湛……当然，价格也足够吓人——无论兜里有多少钱都花得出去——这显然不是我的风格。

我这么说，并不代表我从不去那一片觅食，相反，白云路向南是我经常光顾的地方。无论是白云祥湘菜的小炒肉、三个亭的火锅、帕米尔食府的大盘鸡，还是天华毛家菜的红烧肉，都曾经安慰过我空空荡荡的胃。白云观前街上的金碧火锅和贾三包子，更是我常去的地方。在"航母"扎堆的地方，居然能找到这么多"舢板"级的小馆，并且能享受其中的美妙，有时不得不佩服一下自己。

其实，和那些动辄标出天价的旗舰店相比，我更喜欢这些平易近人的店肆，尤其是那种某一道菜能够打动我的小饭馆。我有位在高级餐厅做大厨的老哥，是能一起推杯换盏的那种交情——当然，他们家的菜谱前几页也都是燕、鲍、翅之类的唬人玩意儿。不过他劝我别吃那些："厨师一辈子，就像我，能接触到这些东西的次数，数都数得过来，没练过几次手，怎么可能做得好？"老哥喝了口酒说，"千万别相信那些高档菜，建议你多吃猪肉、牛肉，我们没有一天不跟它们打交道的。"之前消费能力不够带给我的挫折感，经他这么一说，立刻烟消云散。

一个馆子好吃的菜肴就那么几道，厨师用心之外，唯手熟尔。在外地经常有这样的饮食经历：千里迢迢跑去一家饭馆，只点一道主菜就OK了。像成都，在"老妈蹄花"就吃猪蹄，在"宋鸡片"就吃凉拌鸡，干净利落。近郊更是如此：在双流游家院子吃水煮青蛙，在温江公平镇吃红烧兔，在新津的江边吃黄辣丁……装菜的器皿不少是大铝盆，分量足够，简直没有办法再点其他菜，即便点了好像店家也不领情。我把这种简单过瘾的饮食习惯称作"一道菜主义"。凡是这样的饭馆，菜一定好吃！

当然，对开饭馆的人来说，做菜首先是生意，所以那些好吃的菜，一旦进了城，就像进了瘦身训练营，先在分量上缩了水。直接导致的结果是，一道菜显然不能解"心头之恨"。即便这样，名目繁多的菜单上，还是能够找到这家厨子最拿手的"一道菜主义"痕迹。我们常见的菜牌，头版头条或内容提要的位置，总会很张扬地推荐那么几道"主打菜"，这里面既有店家设置的利润圈套，也会藏着厨师最熟练的绝活。试想一下，如果"天下盐"没有了二毛鸡杂，"锦府盐帮"没有了退秋鱼，"君琴花"没有了酸汤蹄花，"兄弟川菜"没有了兄弟牛蛙……对我来说，它们必然"店将不店"。

饮食江湖，刀光俎影，生存殊为不易。曾经认识一家饭馆的老板，生意好了之后拼命扩张，找了一个熟脸的名人合伙，在黄金地段开了"上档次"的大门面，但一年后败下阵来，灰头土脸回到原先的小店。他问缘由，我没客气："你就是个卖卤水的，新店连卤水都没心思做，怎么好得了？你推荐的烧裙边，你老婆说连她做的都不如。"我给他打了个比方："你就是李逵，两把大斧舞得生风，现在你努力扮成袖箭高手……谁信呢？"

倒是前些日子，去了一家貌似豪华的餐馆，经理推荐我吃他们家的凤爪。"说实话，我们家就是做鸡爪子起家的，沙龙凤爪是我们的镇店之宝。"说这话的时候，经理腼腆得都有些不好意思了。但恰恰是这道主打菜，让我几天后思念不已，甘心做了一次回头客。其实这样的看家本领，如同人的指纹一样，是一个成熟店家的身份标识。这东西丢了，一个饭馆的个性也便随之作古。

（摘自《读者》2017年第11期）

成大器的气象

唐宝民

公元244年（蜀后主延熙七年）春闰月，蜀汉政府接到汉中守军急报，说魏大将军曹爽、夏侯玄等率大军围困汉中，情况非常紧急。后主刘禅接报后，立即考虑派人前往救援。但派谁去呢？想来想去，他想到大将军费祎。费祎是当时蜀国的最高统帅，但费祎是个非常优秀的文臣，与诸葛亮、蒋琬、董允并称"蜀汉四相"，在文治方面政绩卓越，但能不能领兵打仗，还不好说。之所以让他当了最高统帅，也是由于"蜀中无大将"。现在让他带兵去救援汉中，一旦失败，损兵折将不说，汉中也将失去。因此，刘禅有些犹豫，不知道自己是否该派费祎出征。犹豫归犹豫，最后他还是决定派费祎前往救援，并将统率各军的命令下达给费祎。费祎接到命令后，立即召集各部人马，准备动身前往汉中，救援被困在那里的军队。

刘禅优柔寡断，是个没什么主意的主儿，命令下达才半天，他就开始怀疑自己的决定是否正确，又开始思考是否应该把费祎换下来，让别的将领前往汉中救援……但是，如果别的将领不如费祎呢？刘禅考虑再三，终于想出一个主意：他叫来光禄大夫来敏，吩咐他立即去找费祎，和费祎下一盘棋。来敏不明白刘禅是何用意，大军即将开拔，找统帅下什么棋啊。刘禅便把自己的想法告诉来敏，来敏闻听，立即来到费祎府中，对费祎说："将军就要带兵到前线去了，我想跟您下一盘棋……"费祎听来敏这样说，也没多问，便命人拿来棋，二人开始对弈。来敏不慌不忙地与费祎对弈，费祎心平气和，完全不像是要带兵到前线打仗的样子。两个人从从容容地下完一盘棋，费祎笑着说："再下一盘如何？"来敏说："不用了，不用了！将军赶快出征吧！"来敏回到刘禅那里，把经过对刘禅讲了一遍，说："主公放心吧，费祎这个人非常有定力，临乱不惊，处之泰然，一定能大破魏军！"刘禅这才放下心来，遂不再考虑换将之事。费祎按原定计划领兵出发，果然击退曹魏人马，解了汉中之围。

成大事者，心中需有大格局。遇事能临危不慌、沉着应对，是一种难得的气质，是一种能成大器的气象。唐宋八大家之一的苏洵在《心术》一文中所说的"泰山崩于前而色不变，麋鹿兴于左而目不瞬"，正是这种气质的具体表现。

（摘自《读者》2019年第6期）

西瓜与芝麻

吴 军

我在商学院讲课时，常常讲这样一个假设的故事。

王妈妈生了三个女儿，大女儿初中刚毕业，王妈妈就让她外出打工挣钱。大女儿到了富士康，每个月能挣2000多元。女孩很孝顺，工资除了自己花，还寄给王妈妈一些。王妈妈觉得不错，等二女儿读完初中就让她辍学，也到深圳富士康打工去了，当然王妈妈又有了一份收入。每送出去一个女儿，她就多一份收入。但是即便如此，她的日子依旧过得紧巴巴的，看不到前途。

王妈妈孩子的老板郭台铭则不然，他从每个女工身上赚20%的剩余价值，雇了几十万名像王妈妈女儿这样的员工，这使得他的财富在2017年达到480亿元左右。因此，以王妈妈的思维方式，她不仅永远接近不了郭台铭的水平，也不能理解自己为什么穷。王妈妈想，要是能有10个女儿就好了，这样就有10份收入。姑且不说王妈妈年岁已高生不了孩子，就算她还能生，一辈子能生的孩子毕竟有限。

好在王妈妈的大女儿出去几年，见了世面，知道每个月挣2000多元不是长久之计，于是告诉妈妈，一定要让家里的老幺读书，改变命运。王妈妈终于想通了这个道理，不再让三女儿辍学，而是让她读完了高中，上了专科院校，这样老幺就成了有技能的人，而不是靠出卖体力谋生的人。虽然老幺可能一辈子都无法望到郭台铭的项背，但是有了一个良好的开端。

我们中国人对这种事情有个通俗的比喻——芝麻和西瓜。郭台铭是捡西瓜，王妈妈则是捡芝麻。一个西瓜比一粒芝麻重太多，因此，捡芝麻捡得再勤快，也捡不出西瓜的重量。当然，大部分人看到这里可能会不耐烦地讲，这个道理谁不懂啊？遗憾的是，大部分人还真不懂。看看下面这些在生活中捡芝麻的行为，就知道我所言非虚。

为了拿免费的东西而争先恐后。

为了抢几元钱的红包，每隔三五分钟就看看微信。

为了挣几百元的外快，上班偷偷干私活。

为了一点折扣在网上泡两个小时，或者在北京跑5家店。

……

这些人的时间利用得非常没有效率，更糟糕的是，他们渐渐习惯于非常低层次的追求。人一旦心气变低，就很难提升自己，让自己走到越来越高的层次。很多时候，不仅那些低收入的人会计较芝麻大的事情，很多经济状况不错的人也会。有不少人请我从国外带一些奢侈品，在美国买比在中国买可以省10%～20%的钱，一部苹果手机或一个名牌手袋也许能省几百元到两三千元。这笔钱算不算是芝麻呢？对能够支付那些物品费用的人来讲，依然是芝麻，为了省这点钱花这么多心思非常不值，何况请别人代购还欠人家一个人情。在这里我不想评论每个人的购物方式，但要指出的是，当一个人的心思放到捡芝麻上，他就永远失去了捡西瓜的可能性。

一个人在工作中也常常容易捡芝麻、丢西瓜。那些人习惯于做简单、重复且价值低的工作，因为那种工作不需要太动脑筋，不会遇到非常大的困难。但是，人一旦习惯这种工作，真正有创造性的工作就做不来了。我曾经批评过2016年在阿里巴巴通过编写程序抢月饼的人，以及为他们开脱的人。他们行为本身的对错倒在其次，这种把心思放在捡芝麻上的人，因为他们永远地远离了西瓜，这是一种糟糕的思维方式和衡量价值的标准。

不仅个人如此，一个单位或公司也是如此。曾经辉煌的雅虎，从全球第一大互联网公司走到被出售的地步，仅仅用了10年时间。虽然从大环境来看，它运气不太好，遇到了谷歌和脸书这样更强大的公司，但是它在产品上捡芝麻的习惯也害了它。雅虎开发出的互联网服务数不胜数，以至用户在使用它的产品前，不得不先搜索一下产品的网址。然而，这么多产品却没有什么是世界第一的。很多产品在线服务的流量和盈利能力非常有限，贡献的都是一粒粒芝麻，把它们全部加起来，还不如谷歌一个产品带来的收入高。

在其他市场上，像雅虎这样的公司也很多，它们看到别人在一个领域挣了钱，自己也要涉足那个领域，最后分到芝麻大点的市场份额，得不偿失。与其这样，不如把自己的专长发挥好。

苹果公司的产品线一个巴掌就能数过来，却是全世界挣钱很多的公司，因为它在捡西瓜。捡西瓜的人在思维方式上和捡芝麻的人完全不同，他们不会为那些蝇头小利动心，而是把目光放得更长远。乔布斯重回苹果公司时，发现公司内一大堆项目和产品都是小芝麻，他在那些项目和产品上一个个画叉，直至剩下个位数的产品，再把它们一个个变成西瓜，这才救活了苹果公司。

除了眼光和思维方式的不同，捡西瓜还需要有能力，它不能靠运气，需要长期培养而获得。职场中的每个人，与其把心思放在赚小钱上，不如把它们聚焦到一点，练就捡西瓜的能力，让自己从同事中脱颖而出。通常，人有能力上一个台阶，贡献、职责、影响力就可能增加一个数量级，至于收入，就更不用发愁了。当然，世界上捡芝麻的人多，捡西瓜的人少，你如果致力于捡西瓜，就要耐得住寂寞。有人说，我没有遇到西瓜啊，其实不是没有遇到，而是因为你满眼都是芝麻，天天为捡芝麻而忙碌，没有机会练就捡西瓜的本事。

回到王妈妈的故事，她应该庆幸有一个能够改变自己思维方式的大女儿。正是因为这个女儿，她们全家才能够改变命运。遗憾的是，大部分人捡芝麻的思维方式一辈子也改不了，今天那些还想不清楚为什么不该通过写程序抢月饼的人就属于这一类。不过，也正是因为这样，才给那些立志于捡西瓜的人足够的机会，毕竟世界上西瓜要比芝麻少。

捡西瓜并不难，因为大家喜欢捡芝麻。这个秘密你不妨告诉更多的人，不用怕他们来和你抢西瓜，因为大部分人见到芝麻依然会去捡。捡多了，西瓜自然就留给你这样有智慧的人了。

（摘自《读者》2021年第1期）

先手与缓手

王 路

　　"阿尔法狗"和李世石下第一盘棋时，突然放弃中盘的缠斗，到左上角补了一手。演播室里坐着好几个九段棋手，他们愣了一下，说："这一步不好，是大缓手。"大缓手的意思就是，该干的事你没干，跑去弄别的了。但那招缓手之后，"阿尔法狗"就开始全面进攻，李世石处处亏损。

　　我高三时背《论语》，一个学霸以为我是为了高考才背，因为有两分的文言文默写。他说，两分不一定出在《论语》上，不划算。到今天，高考的东西我全忘了，但《论语》还能用上。背《论语》这种事，对这个时代的任何人，在任何年龄来说，都是大缓手。

　　我得益于《论语》的地方很多，就像得益于散步的地方很多。有人会说："你不努力工作，一天多少时间浪费在闲逛上？绕着小区走一圈，再走一圈，那不是退休老太太干的事儿吗？"其实，我之所以能写出东西，很多思路是在闲逛时形成的。为什么很多人对着电脑一整天一个字都写不出来？因为他不知道对于生活来讲什么更重要，他应该出去散散步。散步不是大缓手，散步是先手。

先手和缓手，在外行眼里是没有区别的。都是在一处战斗正激烈的时候，有人跑了。如果他跑对了，他就是高手，这一招就叫"下一盘大棋"；如果事后证明他跑错了，他就是草包。

高手和庸人的区别就在于，高手能看到哪个地方更加重要，从而及时地腾出手来布上一颗子。如果你没有事先布子，在每一场具体的战斗中，肯定会渐渐落到别人后边。

很多人舍不得眼前的战斗。战斗在哪里，他就认为哪里价值最大，腾不开手。他认为一腾开，就会变成缓手，吃亏了。于是永远被眼前的局面缠绕，一直很辛苦，又一直很被动。

有个朋友本来是程序员，现在做管理和架构，不再写程序了。假如她做程序员时把90%的精力都放在写代码上，很有可能现在还是程序员。如果你不能为长期的转型做一些铺垫，就永远没有主动转型的机会，而被迫的转型，既辛苦又吃亏。

所以，如果一个人拼命地干活，拼命地提升现在的手艺，而不能腾出手来在别的地方稍稍布局的话，就会活得越来越艰难，就会发现自己这行越来越不好干。这很正常：在局部缠斗下去，利益肯定越来越少。所以要懂得脱先。如果不懂脱先，就会发现，以前掌握的经验慢慢都不灵了，这个世界会越来越让人困惑。

很多看着不变的手艺，细微处也有巨变。过年回家，我妈把我领到一个剃了几十年头的老师傅那儿去理发，说他理得最好，结果他给我理了个小虎队当年的发型，我一星期没敢出门。

有人说，自己做内容，无论平台怎么换，总饿不着，这也看得不确切。

就像写文章，不同时代、不同平台，文章也有不同的写法。小学时，老师教作文，段与段之间要换行，段首空两格。谁规定的？孔子这么排版吗？当然不是。这是约定俗成。这种约定有它的载体、时代和寿限。它的载体是纸张，兴盛于印刷出版业发达的时代。在手机屏上写文章，因为手机屏幕窄，一行装不了几个字，分段方式变为隔一行，顶首写。纸质书上，一段三五百字是正常。但今天，手机屏上，一段一句是正常，一段超过两百字，读起来太累了。没有人明文规定这些，但任何事情都有它的规律，摸索出这些规律，就是学问。

人生很多事情都是这样。后来的局促只是因为先前没有布好局。太深地卷入当下的工作，而对长远的局势认不清。因为认不清，会把缓手当先手。最典型的例子就是，工作之后学英语。走在大街上，被培训机构发传单的拉住："先生，需要学英语吗？"你一想，这半年正好有空，为什么不充充电呢？就把报名费交了。

看起来是布局。其实不是。并不是离开目前的战斗，随便在空场摆个子就叫先手。先手是别人还没看出它的用意时，你就知道这一手将来必有大用。而很多人学英语只是因为不知道该干点什么。

先手体现在驾驭空闲的能力上。知道什么时候可以腾出手，知道腾出手来应该干什么。一个人刚毕业时，肯定没有多少空闲，但如果能够善加利用空闲，就可以做很多有意义的事情。

有意义的事情不是指赚钱，也不是指学到什么技能，那些都是小细节，不是大局。大局是令自己有所改观，而且这种改观将影响到长期的道路。关键不在于你做什么，而是要搞清楚，做这件事情，在你生命中可能发挥的作用。

（摘自《读者》2020年第23期）

人人都是自己的"产品经理"

南 风

《高效能人士的七个习惯》一书中认为，高效能人士具有积极主动、以终为始、要事第一、双赢思维、知彼解己、统合综效、不断更新这七个习惯。这七个习惯环环相扣，循序渐进，分别从个人领域的成功（从依赖到独立）、公众领域的成功（从独立到互赖），到自我提升和完善，最终实现由内而外地造就自己。

这本由作者史蒂芬·柯维博士用几十年甚至是一辈子的经验写就的书，也经过了时间的检验，里面的原则至今仍是具有启发意义的，值得不定期地拿出来品读。只是，每个人在不同年龄、不同人生阶段的领悟是不同的。

近期，我在朋友圈里看到一篇讲"低效能人士"的七大习惯的文章，也引起了我的思考。文章中分析了一些"低效能人士"的常见习惯。成为"高效能人士"对于大部分普通人似乎有点遥远，它需要很强的自驱力，但躲开"低效能人士"的习惯，却是马上就能开始做的事。我挑几个大家最容易犯的错误来说一说，也是对自己的观镜自照。

其一，沉迷于加班。这曾经是被人称道的"优良做派"，但仔细思量却不是那么回事。真正需要日日加班的情况其实是较少的，花费大把的时间去解决问题，其实是用机械的劳动来弥补思维上的惰性。"抓紧每一分钟工作，不如抓紧工作时间的每一分钟。"与其做一头不知疲倦的牛，不如变成一辆拉风而又高效的拖拉机。

其二，计划又大又宽，且没有截止日期。俗话说，"常立志不如立长志"。但有的时候还就得"常立志"，即拟定具体落地的计划，并时常更新。因为计划太笼统宽泛，是唤不起积极性的，把宽泛的计划分解成一个个小步骤，就能为大脑扫清该从哪里做起的选择障碍，人自然就能快速进入行动状态。

这一点和史蒂芬·柯维博士在书中的观点有异曲同工之妙，书中谈到"以终为始"的一个原则基础是，"任何事都是两次创造而成"。我们做任何事都要先在头脑中构想，进行智力上的第一次创造，然后付诸行动，即体力上的第二次创造。

其三，疯狂输入但很少输出。学习的过程其实就是处理信息的过程，步骤是输入—处理—输出。知识只有输入进去融会贯通后，才能自由输出，输出的时候就是检验是否已经把浅度理解变成深度思考的时候。先贤孔子早就看透这一切，发出了"学而不思则罔，思而不学则殆"的感叹。拼命学习只是给大脑营造了一个好学的人设，但时间会说明一切。动脑归纳和整合知识，并试着进行不断深入的输出，才能结成一张紧密联结的知识网。

此外，"低效能人士"还伴有因为追求完美而行动滞后、在无效社交中浪费太多时间、不会休息等习惯。如果中招几条或者全部中招，就连正常效能都做不到。

我们通常比喻产品具有人的学习、进化能力，但这里我们不妨假设个人类似于"产品"，也会在不断迭代更新中变成更好的自己。如果一位产品经理的成功是要打造多款爆款产品，那么私人产品经理的成功就是将自己变得更好。

以上对于"低效能人士"的分析，对于如何进入高效能状态也有启发。把自己当成一个产品，可以思考：

目前的版本有哪些问题？

用户反馈（领导和同事对自己的看法）是什么？该怎么处理？

面向的目标群体有哪些（服务谁）？如何为他们提供价值？

如何让更多的人知道我的这个产品？

该怎样迭代升级？

转换思路有利于我们以局外人的身份，客观理性地认识自己，避免情绪化和主观性的干扰。还可以制定一些量化的标准，来评估自己的改变，不断地打磨和优化自己。

（摘自《读者》2020年第20期）

4分钟的"奇迹"

韩大爷的杂货铺

1954年之前，在4分钟以内跑完1英里（约合1.6千米），被认为是不可能发生在人类身上的事。不论是医生的推断，还是生理学家的实验，都判定4分钟跑完1英里已经是人体机能的极限。

各大赛事上的选手们，也不断证实着这个观点。他们像被下了诅咒一样，有人最好的成绩停留在4分2秒，有人甚至跑出过4分1秒，但始终没人能突破4分钟大关。

罗杰·班尼斯特站出来说，他觉得跑进4分钟不是不可能的，他证明给你们看。当时他的最好成绩不过4分12秒，所以没人把这话当回事。

他不断训练，成绩一点点进步，4分10秒；4分5秒……然后一直卡在了4分2秒。一些专家和运动员说，你看，不相信科学吧。可班尼斯特不管，投入更加疯狂的训练。直到1954年5月6日，他再次挑战1英里，用时3分

59秒。

有趣的是，在"奇迹"发生之后，全世界的运动员仿佛集体开窍。6周后，一名澳大利亚选手跑出了3分57秒9的成绩。第二年，共有37名选手在4分钟以内撞破终点线。1956年，全世界已经有300多名运动员可以轻松打破"4分钟预言"。但从1954年到1956年，世界田径无论是在训练、奔跑技术上，还是在运动装备上，其实并没有长足的发展。

当我们不知道或不相信一些概念时，这个世界就好像以我们不知道或不相信的样子存在着，一旦我们感知到或相信其存在，它就又像我们已经知道的那样继续往前发展。

（摘自《读者》2019年第22期）

失败博物馆

温欣语

  瑞典有一间"失败博物馆",那里陈列着20世纪40年代至今的70多件产品,涵盖了全球60多家知名公司。

  筹建这间博物馆的,是一个厌倦了成功学故事的瑞典心理学教授Samuel West。他认为:"让人生厌的成功都是类似的,而每个失败都有各自的不同。"

  "每个人都知道在创新领域中,有80%~90%的失败率,这不是什么秘密。"他说,"那么那些失败产品呢?为什么我们听到的都是成功?"

  除了让人们了解创新过程中不可避免的失败,Samuel还有着更高的诉求——无论是公司还是政府都能够承认过错,坦诚讨论当下的问题,从失败中吸取教训。

  搜集这些产品,Samuel花了不少工夫。他本来寄希望于公司会主动捐赠或是分享一些过往的失败产品，但他显然低估了公司对此类产品讳莫如深的程度。

Samuel住在瑞典，他原本以为得到总部位于瑞典的宜家公司的失败产品易如反掌，而且他确信这是一个开放的国家，"人们乐于分享，这里没有什么秘密"，他说。但他还是没有想到，一提起失败，大家都沉默了。

Samuel了解到，公司对失败产品守口如瓶的原因之一是维护公司形象。一旦透露公司曾投资200万欧元在一件失败产品上，将给公司的投资者以及整个市场传递负面信息，甚至直接影响公司市值。如果近期的失败案例泄露，还会使竞争对手迅速掌握自己的研究方向和进度。

最终，Samuel没能得到公司方面的支持，馆内收藏的70多件失败产品全部来自消费者。

2014年，Samuel来到旧金山，他记得每进一家餐馆或者咖啡馆，总会在门口看到这样的标语："戴谷歌眼镜者，禁止进入。"

谷歌眼镜毫无疑问进入了Samuel的博物馆。

失败博物馆收藏的产品时间跨越接近80年，但最近10年间的失败产品却有着惊人的相似之处：以谷歌眼镜为代表的产品揭露了这一特定时代的科技陷阱——为了在第一时间进入并抢占市场，越来越多还只是样品，甚至没有任何实用功能的产品问世。

它们以惊人的速度进入消费者的视线，又以同样的速度消失。

2012年谷歌眼镜推出时售价1500美元，最初谷歌慷慨地将眼镜赠送给网络红人，例如博主、科技记者等试用。这些科技先行者发现谷歌眼镜的确很酷，但也仅此而已。"谷歌完全搞糟了，这就是一个样品，技术不完整，电池不能用。没有任何功能，就一个镜头而已。"Samuel说。

更糟糕的是，因为带有麦克风和摄像头，谷歌眼镜还涉及隐私问题。

这是一个无论从实用性还是从道德方面看，都极其失败的产品。

谷歌眼镜于2015年1月15日停止生产。

Twitter在2008年和Peek公司合作推出了Twitter Peek手机，价值200美元。这款手机主打并且唯一的功能就是发推特，不能打电话和发邮件。即便抛开"一个连电话都不能打的手机还叫手机吗"的质疑，这款手机的屏幕非常小，以至于连推特的140个字都无法完整显示，收到的推特数量仅限于25条以内，还只能登录一个推特账号……各种设计弊端使这款产品毫无竞争力。

Twitter手机和谷歌眼镜失败的共同点是新产品的先进性和突破性有待考证，技术的大众化也未能实现，主流大众并未从中受益。

近几年全球化带来的行业竞争不断加剧，这可以解释部分公司因追赶速度而牺牲产品质量的行为。Samuel发现，无论是过去还是现在，一些企业沉迷于发布新产品或者新服务，却不考虑背后的原因。新产品既没有考虑顾客的真正需求，也没有潜在的价值。而这样的悲剧在历史上反复上演。

在英国维多利亚时代（1837—1901），当人们发现电的潜在用途后，就跃跃欲试。"他们用这个令人激动的、带有魔法的新事物创造各种各样的新产品，有些甚至是危险的！"Samuel说。比如宣称"每一个已婚妇女都应该穿电能紧身胸衣"，据说这款胸衣能释放健康能量，治疗女性背部疾病、感冒以及风湿病，还有治疗便秘和痄疾的电能梳子……这些产品让今天的人们感到荒谬至极，但在当时，正是那股为了创造而创造的热潮催生了它们。

在Samuel的展品中，有一个失败的悲剧——柯达。1996年，柯达公司在最有价值的美国企业中排名第四。

1975年柯达就生产出了数码相机，管理层对此的反馈是："很可爱，但别告诉任何人。"他们担心数码相机会影响公司利润颇丰的胶片冲印业务，因此拒绝做出任何威胁到当下利益的变革。

即使1995年公司推出数码相机 DC40后，他们仍致力于让人们购买相机以及配套的打印机和纸张，寄希望于传统的盈利模式。

在 Samuel 看来，柯达最大胆的决定是建立可以在线分享照片的网站 Ofoto。但遗憾的是，他们把线上分享看作是现有业务的衍生，而不是全新的业务发展方向。当人们转向手机拍照后，柯达仍拒绝改变营销方向。

与之相对应的，徕卡公司尽管在2006年才推出数码相机，但现在该公司的年收入已经达到3.6亿美元。

柯达也曾找过外援——被《纽约时报》称为"创新沙皇"的哈佛大学教授克莱顿·克里斯坦森，他是《创新者的窘境》《创新者的解答》等畅销书的作者。克里斯坦森在接受《哈佛商业评论》采访时提到，他曾和柯达进行了3天的讨论，柯达得出的结论是：创新者的窘境就是柯达当时的窘境，做对了所有的，反而就是最大的错误。

为了摆脱对母公司的依赖，柯达曾按照克莱顿·克里斯坦森的意见设立了独立的产品部门，研发并销售价格低、像素低的产品 EasySahre，这一系列相机曾占美国相机市场份额的1/3。

而接下来的故事人们就很熟悉了：柯达换了 CEO 后，新任 CEO 判定独立的产品部门和其他传统部门毫无区别，利润空间小，且增加了成本。于是这一部门被并入公司已有的组织架构，市场份额随即跌到12%，最后被卖给总部位于新加坡的电子制造商伟创力。

Samuel 选择在博物馆展出柯达相机，并不是想说明其产品的失败，而是想说明其策略的失败："柯达发明了数码相机，也投入了生产，但最终是数码相机毁了柯达。"

2012年柯达公司宣布破产，1.6万人随即失业。同年，Facebook 以10亿美元的价格收购了 Instagram。

如果一定得有谁为这些失败产品负责的话，Samuel 倾向于选择市场营销部门。这是企业里搜集最新市场动态的部门，被认为是消费需求的情报站，正因如此，他们的建议很难被忽视。

《从0到1》的作者彼得·蒂尔和布莱克·马斯特斯在书中提及："只要公司创新，创业就还没结束；一旦创新停止，创业就结束了。"

正因为"创新"一词的风靡，有时候会被狭隘地理解为推出新产品或是新服务，而市场营销部便是这类"创新"的缔造者。他们总是有层出不穷、激动人心的想法，即使研发部门表示产品研发还未完成，市场部也能说服他们机不可失，必须立马行动。

相较而言，领导层面的决策失误导致的后果可能是灾难性的。在"独裁"文化中，这种现象会更严重。Samuel 指出，在阶级、官僚化更强的公司里，员工习惯对老板言听计从，而这是对创新最不利的条件。

曾在中国教学的康奈尔大学教授斯蒂芬·萨斯认为，创新离不开心存怀疑，以及提出批判性的观点。

柯达公司的破产可能是商业史上的悲剧之一，它揭示了成千上万家企业会面临的转型窘境。在克里斯坦森看来，转型本来就不容易，特别是成熟企业。尽管他们聘用的人才很优秀，但这些人才必须遵循固有的工作流程和商业模式。这些流程在过去曾获得成功，是最安全的选择，但同样也注定了创新的失败。

回顾美国数百家百货公司，也只有代顿-哈德森公司成功转型为折扣零售商；而所有小型计算机公司在个人计算机领域统统溃不成军。

　　"当颠覆到来时，一个组织的实力反而成为其阻力。"克里斯坦森在《创新者的解答》一书中说。

　　　　　　　　　　　　　　　　　（摘自《读者》2017年第16期）

鹦哥与赛鸽

张大春

北宋僧人文莹《玉壶清话》里的一则小故事流传至今。

故事说的是东南吴地有一位大商人段某，养了一只极聪明的鹦鹉，能背诵《心经》、李白的《宫词》，客人来了，它还会唤茶，与来者寒暄，主人自然是加意疼惜宠爱。段某忽然犯了事，被关进牢里半年才被放回来，一到家，就跑到笼子前问："鹦哥，我入狱半年出不来，早晚只是想你，你还好吗？家人按时喂养你了吗？"鹦哥答道："你被关了几个月就不能忍受，跟我这经年累月在笼子里的比起来，谁更难过呢？"

段某闻听此语，大为感动，遂道："我会亲自送你回你的旧栖所在的。"果然，段某专程为鹦哥准备了车马，带着它千里闯关，来到秦陇之地，然后打开笼子，哭着把鹦哥放了，还祝福道："你现在回到老家了，好自随意吧。"那鹦哥整理了半天羽毛，似有依依不忍离去之情。

后来有人说这鹦哥总栖息在最接近官道的树上，凡是有口操吴音的商人经过，便来到巢外问："客人回乡之后，看到我的段二郎了吗？"有时还会吐露悲声："若是见着了，就说鹦哥很想念二郎。"

这个故事说的不只是生命对自由的渴望，也说出了生命对"囚禁"的依恋，甚至还可以这么看：对自由的渴望与对"囚禁"的依恋也许是一回事。

"人生八苦"之说俗矣！"八苦"之中有"爱别离""怨憎会""求不得"，实是一理，大约描摹出为情所苦的滋味：愈是处于分离之际，愈是爱恋难舍；愈是朝夕聚合，愈是易生怨憎；愈是不能尽为己有，愈是求心炽烈。"围城"或"鸟笼"被看作婚姻之隐喻，钱锺书反复申说，今人也耳熟能详了。而在朱光潜的《文艺心理学》里，曾名之曰"彼岸意识"，谓人身在一境，辄慕他方，总觉得"对岸"的风景殊胜。换用俚语述之，则说"这山望着那山高"，显然不只是视觉的问题。

小说家黄春明有一个常挂在嘴边却始终未写出的故事，说的是一个养了好几笼赛鸽的人，特别衷情且寄望于甲、乙二鸽，日日训练群鸽飞行时也独厚此二禽。唯甲鸽善飞而较温驯，乙鸽亦矫健但较野僻。大赛之日，甲鸽一去便没了踪影，倒是乙鸽比预期的时间早飞回来一两个小时。眼看就要赢取大奖，偏偏主人与这乙鸽的情感不若与甲鸽那样密迩，乙鸽逡巡再三，就是不肯回笼。主人只有一个法子：开枪射杀之，取下脚环，前去领奖。然而若是这样干了，一只可以育种的冠军鸽也就报销了。若不及时取下脚环，这养鸽之人多年来的心血也就白费了。两权之下，他会做出什么决定呢？

黄春明在此岸，观彼岸；至彼岸，又窥此岸，总觉得另一个结局比较好。既不能决，就多次在公开演讲中揭之以为小说立旨布局之难，却被也写小说的楚卿听了去。楚卿先给写出来了，也发表了——以赛鸽喻之，脚环没取下来，让别的饲主捷足先登了。

人生不可逆，唯择为难。行迹在东，不能复西。王国维"人生过处唯存悔"之句，将"挂一漏万"的懊恼，将对"生活在别处"的倾慕，说得多么透彻——显得他自己对的下句"知识增时只益疑"反而境界逼仄，落于下乘。

做刺猬还是当狐狸

罗振宇

著名哲学家以赛亚·柏林说："刺猬知道一件大事，狐狸知道许多小事。"这里提到的刺猬和狐狸，象征着两种不同类型的人。

知道一件大事的刺猬，心里只有一个念头，拿着锤子看什么都是钉子，以不变应万变，很简单，也很狭隘。要是碰对了，能做很大的事，若是碰错了，就可能造成很大的灾难。

狐狸不一样，它是现实主义者，知道许多件小事；心里没有什么宏大叙事，也不急于找到根本答案，兵来将挡，水来土掩，走一步看一步，以万变应万变。

这两种人，我们在生活中都会遇到。我们该当哪一种人？如果在一百年前提出这个问题，大家大概率会认为刺猬是好的。在当时的观念里，人对这个世界的认识是简洁的。孔子说，"吾道一以贯之"，牛顿用简洁的公式就能解释庞大的宇宙。在那个时代，有思想的人，就是能够把复杂的世界抽象成一件事、一个道理、一个公式的人。那个时代的思想家都有自己的招牌思想，这就是"刺猬的时代"。

简单原则，其实得靠复杂的操作支撑，否则大多数时候就是个口号，落不了地。

举个例子。桥水基金创始人雷·戴利奥的《原则》这本书很火。书中提到，雷·戴利奥在他的公司管理中采用"讲真话"原则。这个原则要求包括自己在内的公司员工极度诚实，对人对事有什么意见一定要当面讲出来。听着挺对吧？我们都想生活在这样的世界里。但如果有人一直讲真话，到了不顾场合、不可理喻、无法说服的地步，那会是什么情况？我猜想雷·戴利奥迟早也会动用自己的权力，要么禁止他讲话，要么干脆把人开了。

讲真话这个原则，其实不可能被贯彻执行。现实情况是什么样呢？原则可以不变，但什么真话可以讲，什么场合可以讲真话，可以讲到什么地步，什么时候必须闭嘴，在他们公司一定有一套默认的规则。你如果没弄懂这套复杂的规则，只掌握一个简洁的原则，在这家公司是生存不下去的。世界上每个原则背后，都有悖论，都需要我们动用世俗智慧将它补齐。

再比如，有人问神父："我祈祷的时候可以抽烟吗？"神父说："当然不可以。"又有一个人问："我抽烟的时候可以祈祷吗？"神父说："当然可以。"其实，原则就是人要虔诚地祈祷，看起来很简单，一旦成为现实世界里的行动，马上变成悖论。这就是用刺猬方式来解决生活的难题——会出现悖论。

哲学家叔本华说过，每个人都把自己视野的极限当成世界的极限。但凡认识到这一点的人，都不可能当刺猬。刺猬只知道一件事，但一件事不可能是全世界。我们知道，世界是不确定的，因果链条是杂乱纠缠的，社会系统是动态的，我们都不可能像刺猬一样，宣布自己知道终极答案。

既然刺猬不行，当一只"知道很多小事"的、现实主义的狐狸好不好呢？狐狸的生活方式，其实就是我们经常讲的"多元思维模型"。

在互联网时代，我们都知道这样做的好处，所谓"小步快跑，快速迭代"——都总结成方法论了。

狐狸不要高兴得太早，狐狸从反馈中学习，但是反馈中可能会有陷阱。

我们接受世界反馈的来源主要有三种：第一种反馈是得失，赢就继续，输就变化；第二种反馈是榜样，跟榜样一样就继续，不一样就变化；第三种反馈是环境，适应就存活，不适应就被淘汰。这三种反馈学习，在本质上都是适应性学习。

但是请注意，这里面有陷阱。

所有的适应性学习，都是短视的。不论给出反馈的是得失、榜样还是环境，它们都只能给你局部的和当下的反馈，你根据这个做出来的调整，当然也只能是局部的和短暂的。

最典型的例子就是上市公司。不少上市公司的管理者，为了股价好看，逼着自己每一年，甚至是每个季度都要保持利润增长，结果是没有创造出长期增长的新引擎，每一步都很满足，最后却落得没有未来。

美国资本市场上就有这样的恶性操作，趁股价不好的时候收购公司，然后拼命地缩减成本，比如大量解雇员工，把财务报表做好看，待股价上涨，再卖出去。但是减成本有可能损伤公司的长期竞争力，公司就完了。这就是利用短期反馈做的恶性收割。这是一种很悲惨的路径。

有这样一种人，他赢了每一局比赛，最终还是输了。

原理很简单，如果每一局都赢，每一个短期目标都得分，就意味着你变得越来越适应现在这个环境，得到越来越多的稳定性，最后丧失了创造力，整个环境都被你的行动策略撑满，环境都为你所用。如果环境不变，你就是王。但要命的是这个时代，环境不仅在变，而且越变越快，一旦发生剧变，用什么去应对变化？

这就是狐狸的问题，不要以为在现实世界就可以获得现实的胜利。

那么问题来了，当刺猬不行，当狐狸也不行，怎样才行？当狐狸，但是同时搭刺猬的便车。

第一，我们自己要成为一只狐狸、一个现实主义者，敏锐地感知环境的反馈，不断地调整自己，不断地使用新工具。第二，对这个世界的刺猬好一点。刺猬本身的下场也许会很惨，但他们有一项独特的本领，就是着眼于未来，总会给我们发来长期主义的信号，这是现实主义狐狸的世界里最稀缺的东西。第三，看好、警惕那些刺猬，听他们说的话，但是小心他们把你带到沟里去。

总结成一句话就是，当一只现实主义的狐狸，但是在现实主义的世界里，也给理想主义的刺猬留一份尊重，留一个有边界的位置。

（摘自《读者》2021年第21期）

满船空载明月归

骆玉明

千尺丝纶直下垂，一波才动万波随。

夜静水寒鱼不食，满船空载明月归。

这是唐代德诚禅师的一首诗，题名《船居》，是以钓鱼为象征："千尺丝纶直下垂"，一个很深的欲望引导着人的行动，名也好，利也好，总之人心焦渴，定要从外界获得什么才满足。可是"一波才动万波随"，就像水面的波纹，一浪推着一浪，你走了一步，随着就有第二步、第三步乃至无穷。而这一环扣一环的变化不是人能够控制的，你会越来越多地感叹："唉，形势比人强啊！""无可奈何啊！"世上有些苦大仇深、以生死相搏的人，问到起因，不过是些琐屑小事，甚至是一时误会。何至于此呢？这就是"一波才动万波随"。

"夜静水寒鱼不食"，忽然醒悟过来，发现你最初所求的目标是虚妄的，或者说是可有可无的，得之失之，随之由之而已，你就从被动的状态中解脱出来，飘然无碍。"满船空载明月归"，什么也没有得到，空船而去，空船而归，但心是欢喜的。其实，什么是"得"呢？你一心想要得到一个东西，念念不忘，心都被它塞满了，偌大世界，你却置若罔闻，"得"未尝得，失掉的已经很多！什么是"失"呢？你于外物无所挂心，心中有大自在，根本就没有东西可"失"。

王维有一首《辛夷坞》，写一处小小的景色，但极富深意：

木末芙蓉花，山中发红萼。

涧户寂无人，纷纷开且落。

这里"木末芙蓉花"是借指辛夷。辛夷是一种落叶乔木，初春开花，花苞形成时像毛笔的笔头，故又称木笔。花有紫白二色，开在枝头（就是"木末"），大如莲花（所以用"芙蓉花"比拟，莲花也叫芙蓉花）。诗中说"发红萼"，那是紫色的辛夷。

我曾经在山野见过这种花，开花时树叶还未萌发，一树的花，色彩显得格外明艳。这种花凋谢的速度很快，花盛开的同时就能见到遍地的花瓣，在草地上，在流水中，格外醒目。

它有美丽的生命，但这美丽并不是为了讨人欢喜而存在，更不曾着意矫饰，故作姿态。你从尘世的喧嚣中走来，在人迹罕至的山涧旁见到天地寂然，一树春花，也许真的就体会到什么是万物的本相和自性了；你又回到尘世的喧嚣中去，也许有时会想念那山中的花在阳光下展现明媚的紫色，无语地开，无语地落。

如果觉得王维那首诗虽然令人震撼，却多少有点冷寂，我们再读一首韦应物的《滁州西涧》，它的味道有些不同：

独怜幽草涧边生，上有黄鹂深树鸣。

春潮带雨晚来急，野渡无人舟自横。

韦应物是中唐诗人，曾经做过滁州刺史，这首诗就是写滁州西部山野的景色。

诗开头写草。"独怜"是偏爱的意思。为什么呢？一方面山涧边的草得到水的滋润，春天到来时显得格外葱翠；另一方面这是"幽草"，它是富有生气的，同时也是孤洁和远离尘嚣的。对涧边春草的喜爱，呈现了作者的人生情怀。

如果一味地写景色之"幽"，诗的意境便容易变得晦暗，所以诗人随后写黄鹂鸣于深树，使诗中景物于幽静中又添几分欢愉。这是一首郊游遣兴之作，不像王维的《辛夷坞》那样强烈地偏向于象征，它更有生活气息和情趣。

绝句的第三句通常带有转折意味，同时为全诗的结束做铺垫。在这里，"春潮带雨晚来急"，雨后山涧的水到了黄昏时分流得越发湍急，一方面交代了郊游的时间和景物变化，同时又很好地衬托了末句的点睛之笔——"野渡无人舟自横"。

涧水奔流不息，涧边渡口的小舟却自在地浮泊着，一副摆脱约束、轻松悠闲的样子。时间好像停止了。

人总是活得很匆忙，无数的生活事件互为因果、相互挤压，造成人们心理的紧张和焦虑。在这种紧张与焦虑之中，时间的频率显得格外急促。而假如我们把人生比拟为一场旅行，那么渡口、车站这类地方就更集中地展现了人生的慌乱。

舟车往而复返，行色匆匆的人们各有其来程与去处。可是要问人到底从哪里来，往何处去，大都却又茫然，因为人们只是被事件驱迫着。

但有时人也可以安静下来，把事件和焦虑放在身心之外。于是，那些在生活的事件中全然无意义的东西，诸如草叶的摇动、小鸟的鸣唱，忽然都别有韵味。你在一个渡口，却并不急着赶路，于是悠然空泊的渡舟忽然有了一种你从未发现的情趣。当人摆脱了事件之链的时刻，也就从时间之链上解脱出来。它是完全孤立的，它不是某个过程的一部分，而是世界的永恒性的呈现。

"野渡无人舟自横"有很强的画面感，也经常成为画家的选题。那是一条不说话的船，却在暗示某种深刻的人生哲理。

世间有无穷的是非、无穷的争执，还有无穷的诱惑，人不能不在其中走过。要全然不动心也许很难，但若是处处动心，那恐怕要一生慌张，片刻也不得安宁。

（摘自《读者》2021年第1期）

相对论有什么用

冷　哲

　　在研发 GPS（全球卫星定位系统）卫星时，学者发现：根据爱因斯坦于1905年发表的狭义相对论，由于运动速度的关系，卫星上的原子钟每一天会比地面上的原子钟慢7微秒；而根据1916年发表的广义相对论，由于在重力场中不同位置的关系，卫星上的原子钟会比地面上的每天快45微秒。二者综合，GPS 卫星上的原子钟每天会比地面上的快38微秒。如果不对时间进行校准，定位位置将发生漂移，每天漂移距离约为10千米。

　　没有相对论，就没有全球卫星定位系统。

　　那么站在1905年或1916年，人们能够想象相对论有什么用吗？站在1854年，人们恐怕也无法想象黎曼几何能有什么用。即便在1978年的时候，美国研发 GPS 的目的也不过是给自己的导弹、核潜艇等进行定位。1983年，大韩航空007号航班误入苏联领空被击落，时任美国总统里根宣布 GPS 将向民众开放，以防止类似悲剧再次发生。1989年，第一颗新一代的 GPS 卫星发射成功，1994年，24颗 GPS 卫星全部入轨。我们今天开车必备的卫星导航，在1905年的时候连科幻小说作家都想象不出来。

今天当我们对着手机说"帮我找一家附近评价最高的川菜馆"的时候，这背后牵扯了多少纯理论呢？微积分、黎曼几何、复变函数、概率论、相对论、电学、光学、有机化学、无机化学……每一样理论，在其诞生之时，我们都想不到其对日常生活的作用。

总而言之，理科与工科是不同的。理科的目的在于探索这个世界的规律，而这些规律该如何得到应用，则是工科的事情。工科的主要工作就是用理科发现的理论、规律来解决人类社会中需要解决的问题（当然，工科在此过程中也发展出很多对世界规律的认识）。

理科成果的用处，极少会像工科那样明显。理科应该是超前于时代的。

正因为理科的研究总是艰难的、缓慢的，我们才应该坚持不懈地进行投入，不断拓展人类的认知边界。

如果工科在解决实际问题时发现理科的理论不能够支持，这时候才投钱到理科去研究相关问题，那么问题的解决恐怕就要往后拖延几十年，这将极大地阻碍人类社会的进步。

如果我们要用现有理论解决现有问题，那么就要保证理科研究领先于整个社会。

因此，今天最前沿的理科研究成果，其第一次应用往往在几十年甚至上百年之后，它的应用形式很可能是我们现在难以想象的。

时常有人质疑：世界上还有很多贫困的人，为什么不拿钱补助他们，而要搞一些目前看不到应用场景的科学理论研究？这是因为，提高生活水平的主要力量是生产力水平的提高。如果我们今天仍然保持着一千年前的生产力水平，那么无论我们怎样努力，大家的生活都不会好过到哪里去。加强基础学科研究，即便暂时看不到应用场景，也是有利于整个社会的。

（摘自《读者》2020年第14期）

你是"差不多先生"吗

采 铜

把一件事情做到极致

国画大家齐白石先生的成才经历能给我们很多启发。齐白石出生于1864年，湖南湘潭人。他的家庭并不富裕，所以他16岁就开始拜师学习雕花木工。齐白石的木工师父手艺很好，他又认真好学，所以他的手艺越来越好。由于经常跟着师父在外面做活，渐渐他在当地有了些名气。

齐白石学手艺不仅勤动手，更善动脑。他发现师父雕的花样翻来覆去就那几个固定的样式，什么"麒麟送子""状元及第"，没什么新意，于是就搞了些创新，把国画里的一些元素，如虫草、花鸟等，迁移到木雕里。起初只是试探，没想到雕出来的新品颇受大家欢迎。

这种经历让他对国画有了强烈的兴趣，但没有人教他画，而他能看到的国画画册也是比较初级的，所以一直无法真正入门学画。

直到20岁的一天，齐白石在一个主顾家里干活时，发现了一套《芥子园画谱》。《芥子园画谱》是一套非常经典的国画教科书。一个想学画的人看到一套画谱，就如同一个想学武的人看到了一套武功秘籍。可是这套书是别人的，在当时又很稀少珍贵，他只能向书主借来，用薄竹纸覆在书页上，描红一般照着原画一笔一笔勾描。他就这样勾画了足有半年，画了16册，才悉数描完。

接下来的五年，齐白石靠这套勾描出来的《芥子园画谱》做木雕，闲时也反反复复临摹，勤学苦练，他画画的底子就这么打了下来。后来齐白石的画在当地出了名，引来名画家收他为徒。接受了专业指导后，齐白石画技更上一层楼，终成一代国画大家。

发现一本好书，花半年时间抄下来，又花几年时间学这一本书，这是在信息匮乏的时代背景下，一个求学若渴的年轻人所做的事。而在今天，有几个人能做到？！

"手机艺人"

一部智能手机在手，我们的时间就被分割得七零八落；每天各式各样的信息如潮水般涌来，让我们无所适从，不知如何选择；我们的耐心越来越少，我们总是被标题吸引，打开正文后匆匆看两眼又马上关掉；每天更新的网络热点，当时看得热闹，到第二天就会忘得一干二净；我们幻想在一篇网文中寻找到"干货"，希望发家致富、人生辉煌的不传之秘能被列成要点，和盘托出，没想到只是又一次被骗了点击；我们总是在找更多的资源，搜索、下载、囤积，然后闲置，错把硬盘当成自己的大脑……

如果说齐白石的故事是一个"信息匮乏时代的手艺人的故事"，那么这就是"信息过剩时代的'手机艺人'"——我们的故事。

齐白石先生的这种专注和一丝不苟，想必现在少有人能企及。胡适先生写过一篇趣文，叫《差不多先生传》，文章里虚构了一个叫"差不多先生"的人物。这位先生有一句名言："凡事只要差不多就好了，何必太精明呢？"在我们很多人身上，都有这位"差不多先生"的影子。

不苟且

历史学家罗尔纲年轻时曾担任胡适先生的助理，受胡适言传身教颇多。他回忆说，胡适先生最令他受益的教诲就是三个字——不苟且。

什么是"不苟且"呢？胡适说，不苟且就是"狷介"。胡适认为，"狷介"不仅是一种德行，也是一种做学问的品格，也就是"一丝一毫不草率、不苟且的工作习惯"。罗尔纲早年受这种"不苟且"精神的熏染，在自己的学习和研究中一以贯之地践行，最终成为一位著名的历史学家。

年轻人容易犯的毛病是热情有余，少了一些冷静踏实；急于求成，少了一些耐心细致。如果能早一些明白"不苟且"的重要性并躬身践行、一以贯之，人生之路可能会好走很多，个人的才能也更容易培育和施展。

管理学大师彼得·德鲁克晚年回顾自己的人生，从经历中总结出7条人生经验，其中第一条是"追求完美"。18岁的时候，他每个星期都会去歌剧院看一场歌剧演出。有一次他观看由意大利音乐家威尔第创作的歌剧《法斯塔夫》时，被深深震撼，随后他查阅资料，发现这部伟大的作品竟然是威尔第在80岁时创作的。

　　80岁的威尔第早已经功成名就，享誉天下，为什么还要辛辛苦苦地创作一部歌剧呢？威尔第在一篇自述文章中是这样写道："身为音乐家，我一辈子都在追求完美，可完美总是躲着我。所以，我有责任一次次地尝试下去。"

　　这番话给年轻的德鲁克很大的触动，甚至成为他一生行事的准则。所以直到90岁时，已经著作等身的他还在辛勤工作，写出了思考未来管理问题的《21世纪的管理挑战》一书。

（摘自《读者》2021年第2期）

面对绝壁，向死而生

砚 川

对身体极限的探索，是人类孜孜不倦的追求，更高、更快、更强是竞技体育的口号。而生命的极限，在于蜕变。如果说，攀岩这项运动如同人类极限挑战运动的皇冠，那么徒手攀爬酋长峰则相当于皇冠上最璀璨的明珠。

《徒手攀岩》这部影片记录了33岁的攀岩家亚历克斯·霍诺尔德在2017年6月徒手成功攀爬914米高的酋长峰的真实故事，他也由此成为世界上第一个攀上酋长峰的人。在攀岩界，这是一次如人类登月般意义重大的壮举。此外，该影片荣获第91届奥斯卡最佳纪录长片奖，亚历克斯徒手攀岩的事迹从此广为流传。

徒手攀岩是指单人不借助绳索等辅助设施，无保护地攀岩，在常人眼里这是一项玩命的运动。徒手攀岩被列为"世界十大危险户外运动"之首。

酋长峰被公认为攀登高度最高的岩壁之一。经过千万年的冰河洗刷，酋长峰成了一块光溜溜的岩壁，几乎垂直于地面，除了有少数裂缝、夹缝，几乎无从下手、下脚，哪怕一个小失误，都可能导向死亡。

有些人是为了挑战而生，作为一名徒手攀岩者，每天都在和死神打交道，不是被死神带走，就是和死神擦肩而过。

如果不是出于热爱，我想不到更好的理由去解释亚历克斯为何如此热衷于这项运动。可能有人会认为，将这种高危的极限运动当成职业，不是偏执狂，就是自虐狂，因为这是一项不容有错的运动，任何的偏差都可能会令人丧命。

怎样追寻自己所热爱的事情？在这个过程中如何面对内心的恐惧？这是很多人都会遭遇的来自生命的疑问。

亚历克斯是一位"独行侠"，十几年来独来独往，住房车、攀绝壁，直接面对生死，好似一个修行者。正因为如此，他在绝壁上给出的答案更接近这件事的本质，当它被影片呈现出来时，恰好击中了观众心中最炽热的那一个点。

答案是什么？那就是动力！攀岩是一项非常危险的极限运动，而徒手攀岩的死亡率更是超过50%。明知如此，为何攀岩者还要把自己置于死亡边缘？

我们来看一看三位来自不同国家、不同时代的世界顶级攀岩者。他们分别是：纪录片的主角亚历克斯·霍诺尔德，1985年生于美国加利福尼亚州；乌里·斯特克，被称为"瑞士机器"的速攀大师，1976年出生在瑞士的一个小镇；托马斯·布本多尔夫，打破过无数世界纪录的攀登者，1962年出生于奥地利。

亚历克斯天资聪颖，17岁时即以优异的成绩被当时世界排名第三的加州大学伯克利分校工程学专业录取；乌里出生在经济发达、风景如画的瑞士小镇朗瑙，他和家人享受着高质量的生活环境；托马斯精通四国语言，不仅攀岩，还写作、演讲，他与家人生活在一起。显然，以他们的家庭条件和个人资质，他们原本可以选择舒适而优渥的生活，但他们选择了徒手攀岩。

托马斯不仅是一位攀登者，还是一位作家。他在自己的图书《人生如登山》中提出了一个词，"自我独特本性"，这源自他清晰的感知：每个人都是独一无二的。他写道："每个人的内在都有为他而确定的意义与事业，这份事业如同内在的灯塔，为他指明一生的方向，使他充实满足、与众不同。"

这一点在亚历克斯身上表现得同样明显。在外人眼中，他从小就笨拙且不合群。父母冷战的家庭氛围加剧了他的孤僻，即便进入大学，他也没有朋友。但是当他投入徒手攀岩事业后，他感受到了独处的乐趣，还收获了友谊与爱情。

可以说，攀岩成为亚历克斯与这个世界相处的方式，他仿佛就是为了徒手攀岩而生。

正因为感受到这种生命奇妙的设置，托马斯笃定地说："重要的不是我们对生命有什么期待，而是生命对我们有什么期待。"生命的期待面对的是每一个生命，这就是一个人的天赋、热爱与梦想。

然而并非每个人都能"听到"来自生命的期待，人们常常只知道自己不想要什么，却并不明白自己想要什么。反之，那些不同领域的佼佼者，往往具备一种能力——他们听到自己内心的渴望，追随心底的召唤，并全心全意。托马斯、乌里和亚历克斯正是这样的生活强者。

托马斯从12岁攀登第一座山开始就发现了自己对登山的热爱。"我是一个幸福的人，没有寻找就发现了适合自己的事情。"他说。

有时，这种发现来自父母的发掘。在亚历克斯还是孩童时，他的妈妈就注意到，儿子成天在爬树、爬墙、爬屋顶，爬一切垂直的东西，于是，11岁时，父母带他到当地一个攀岩俱乐部，从此亚历克斯便迷上了攀岩。

为什么登山？对此问题，有一个著名的回答——因为山在那里。但是对托马斯等认识到自我需求的人来说，答案完全不同。托马斯回答："因为'我'在这里。"他无法忽视的是那个内在自我的召唤。

很多人都有这样洞悉自我的时刻，不管是在攀岩还是在其他行业中。这种热爱大多数时候不是局外人所能理解的，因为忽略"生命的期待"的人永远不能想象那份期待在心中隆隆作响之声。

（摘自《读者》2019年第24期）

等信的马尔克斯

申赋渔

马尔克斯又到楼下的门房去问，有没有他的信。没有。他给所有的朋友都写了信，没有一个人回他。他拉开床头的抽屉，里面已经没有一分钱。

1956年，他被派往欧洲后，他供职的哥伦比亚《观察家报》被查封了，报社已经不可能寄钱给他。马尔克斯缩在"三个公学旅馆"的阁楼上，他交不出房租，也没钱吃饭。

60年之后，我来寻访马尔克斯困守的这个小旅馆。小旅馆在索邦大学旁边一条叫 Cujas 的路上，门边的墙上挂着一个马尔克斯的小雕像。旅馆的小厅里有一个书架，上面放着法语版和西班牙语版的马尔克斯的书。1957年，马尔克斯在这里写出了《没有人给他写信的上校》。他说这是他写得最好的小说。

马尔克斯这句话带着强烈的感情色彩。因为不是没有人给上校写信，而是没有人给他，给29岁的马尔克斯写信，确切地说，是没有人给他寄钱。

马尔克斯已经饿得没办法了。他到处收集旧报纸和空酒瓶去换钱，或者捡法国人不吃的肉骨头、猪下水，拿回来煮一煮吃。即便这样，他还得写作。因为写作才是他的希望。

他在写他的外公，那个每周去邮局等信的上校。他小时候是跟外公外婆过的。对于外公这个古怪的行为，他一直当成一个笑话。当他拿起笔的时候，他是想写一部喜剧的。可是在巴黎，在他天天等朋友们救济的时候，他把喜剧写成了痛彻肺腑的悲剧。

马尔克斯的这部小说写成的时候，已经是1957年。他改了9遍。因为除了改小说，他也做不了其他事。他写得累了、饿了，就会下楼，到旁边的卢森堡公园里转一转。公园很近，离小旅馆只有几百米。

我从小旅馆出来，往右拐到圣米歇尔大街。沿着这条街再往左走几步，就看到了卢森堡公园。就在这短短的街道上，在1957年，在一个下着雨的春日，一位穿着破旧牛仔裤、格子衬衫，戴一顶棒球帽的老人，生气蓬勃地走在旧书摊和从索邦大学走出来的学生当中。马尔克斯在街道的对面看到了他，认出了他，他用双手圈在嘴上激动地朝他大喊："大——大——大师！"那人回过头，朝他挥挥手，回应道："再见，朋友。"这个人是海明威。30多年前，他和马尔克斯一样，在卢森堡公园用散步来抵挡饥饿。这是他们唯一的一次相遇。

我站在这些曾经为潦倒的海明威和马尔克斯遮风避雨的梧桐树下，突然间，仿佛洞悉了命运的秘密。

马尔克斯在他的小阁楼上，几乎研读了海明威的所有作品，用他的"冰山理论"，写出了《没人给他写信的上校》。而就在此刻，海明威竟然真的从他眼前走过了。马尔克斯的激动，并不只是景仰，而是觉得他从海明威的手里接过了什么。也就是从这一刻开始，海明威的时代结束了，另一个时代开始了。虽然人们意识到这一切，还要再等10年，等马尔克斯写出《百年孤独》。

在小说里，上校卖掉了家里所有能卖的东西，妻子怕别人知道家里已经揭不开锅，放了石头在锅里煮。可是上校仍然不肯把那只斗鸡卖掉。他要等斗鸡上场比赛，他认为斗鸡一定能赢。

"那这些天我们吃什么？"妻子一把揪住上校的汗衫领子，使劲摇晃着，"你说，吃什么？"

上校活了75岁——用他一生中的分分秒秒积累起来的75岁——才到了这个关头。他自觉心灵清透，坦坦荡荡，什么事也难不住他。

那只宁可饿死也不肯卖的斗鸡，就是马尔克斯的文学梦。

离开巴黎20多年后，马尔克斯重回他曾居住的小旅馆。当年走的时候，他身无分文，付不了房租。好心的房东没有难为他，只是祝他好运。现在，他刚刚获得诺贝尔文学奖，就专门来还这笔房租和多年的利息。可是，房东已经不在了，房东夫人还在。房东夫人流了泪，因为他是唯一记得来还房租的人。她没有收他的钱，她说："就算我们为世界文学尽一份力吧。"

（摘自《读者》2017年第9期）

以戒为师

郑海啸

　　也许只是巧合，世界三大短篇小说巨匠的寿命都很短，莫泊桑只活了
43岁，契诃夫44岁，欧·亨利不到48岁。契诃夫死于肺结核，他生活节制，
但那时肺结核是绝症，他自己就是医生，也没办法。欧·亨利酗酒，死
于肝硬化。莫泊桑死于梅毒，死相最难看。梅毒导致他肌力丧失，下巴
等处的皮肤松垮下垂，不受神经支配。他总是张着嘴巴，来回晃动着脑袋。
有时他会不经意间撞向墙壁，有时又摔倒在地。莫泊桑生命的最后三个
月几乎是在痉挛、挣扎、呐喊中度过的，凄惨之状令人不忍目睹。何以
至此？法国作家左拉在莫泊桑的葬礼上致悼词："他文思敏捷，成就卓著，
不满足于单一的写作，充分享受人生的欢乐。"这"人生的欢乐"，便是
指莫泊桑划船、游泳和追逐女人的游戏人生。莫泊桑沉湎于声色，不能
自拔。尽管福楼拜多次叮咛告诫："千万不能把心交给别人，一个人活着，

要能够诚实地面对自己和周遭，对圆滑的事情尤其要提高警惕。对那些让人迷失的事尤其要谨慎，吃喝玩乐……"可莫泊桑还是无法控制自己。他的悲剧终将无法改变。

但凡是人，往往都有嗜好，也往往会在这嗜好上耗费很多的精力和财力。如果任其发展，人就成为嗜好的奴隶，一事无成，甚至痛苦不堪。我见到一些年轻人，刚参加工作时，写的文章还挺有灵气，但慢慢就平庸了，直到很臭很臭。我知道，这大多是因为他们不能节制自己的嗜好。见面时，他们热聊的都是网购、追剧、抢红包、明星八卦、热点新闻。这些事虽然很有趣，但都很耗费精力，无法给内心进补，所以他们的退步在所难免。我深深地为之惋惜，"天地生才有限"啊。

伟大的才华往往出自伟大的自律。现代诗人当中，爱尔兰诗人叶芝可以说是最有音乐感，也最具神秘感的一个，但他的诗却是逼着自己写出来的。每天上午11点，无论身体健康与否，他都要逼自己坐到书桌前。最富灵感的诗，竟是逼出来的。丘吉尔曾经要求一位年轻作家每天9点钟走进书房对自己说"我要写4个钟头"。作家问："要是进了书房，发现自己写不出，要是头痛、胃不舒服，怎么办？"丘吉尔说："你得想办法克服。要是坐在那里等灵感，等到头发白了也不会来。写作也是工作，同行军一样，要是等天气好才上路，军队走不了多远。"

以戒为师，可以让我们走得更远。

（摘自《读者》2019年第6期）

唯有更远才够远

邢　洁

　　2018年3月26日，脸书上一则简短的消息在全球越野圈荡起涟漪："著名的加拿大耐力跑运动员盖里·罗宾斯第三次尝试巴克利100英里（约161千米）超级马拉松失败，宣告今年的巴克利马拉松无人完赛。"自1986年巴克利马拉松第一次开赛以来，只有15人成功跑完全程，完赛率不到1.3%，其间有多达十几届无人完赛的"辉煌"记录。

　　巴克利马拉松的路线设在美国田纳西州东部的冰顶州立公园内，全长100英里，选手要绕20英里起伏很大的山道跑5圈，比赛限时为60个小时，累计爬升超过18000米，相当于在60个小时内连登5次富士山。不仅如此，许多路段达到每千米上升488米的陡峭度，且布满粗大的荆棘和断树。这场比赛既没风景，又无标记，荒凉得仿佛与世隔绝。每年3月底至4月初是田纳西州的雨季，气候多变，温差悬殊，选手们注定要在早春的凄风冷雨里，在湿滑陡峻的山路上苦苦寻觅挣扎，拖着疲惫麻木的身躯，与迷路、断粮、失温、脱水乃至幻觉纠缠搏斗。常有选手因为极度的脱力而直接栽倒在赛道上昏睡过去，磨伤、刮伤、跌伤、刺伤、咬伤更是家常便饭……赛事对于选手的要求极尽严酷苛刻之能事。参赛者必须遵从主办人加里·坎特雷尔设计的一套"冷血"规则：第一，禁止陪跑和后援，赛道上只有两个补水站；第二，每一圈的全部装备补给都需要选手自己全程携带；第三，除纸质地图和指南针之外，不准携带包括GPS在内的任何智能定位设备；第四，除了艰难行进，每一圈还必须找到事先藏好的7～13本旧书，并收集对应参赛号码的书页，以证明自己确实严格遵照了错综复杂的比赛路线。另外，赛道几乎每年都要加入新的山头，以增加难度。

巴克利马拉松赛的成立源于一宗越狱事件。1977年6月10日，马丁·路德·金的刺杀者詹姆斯·雷从邻近冰顶州立公园的一所监狱越狱，54个小时后他被成功缉获。令人惊讶的是，整整54个小时，他竟然只逃到了距离监狱12千米的地方。当警犬发现他的时候，他已经伤痕累累、奄奄一息地倒在树丛里。不得不佩服当年监狱选址人的眼光，巨大阴森的不毛之地让人难逃它的魔掌。田纳西本地的马拉松选手加里·坎特雷尔从这次事件中获得了灵感，于是，一项"荒诞"的赛事——巴克利马拉松，就在这片丛林里诞生了。因此，也有人说，巴克利马拉松根本不是比赛，它是一条越狱之路。

1995年，英国人马克·威廉姆斯没有像其他人那样，认为自己"完赛100英里是不可能的"，他用时59小时28分钟跑完全程，成为历史上第一个完赛巴克利马拉松的人。

布雷特·毛内斯或许是坎特雷尔最不愿意见到的人。2011年，毛内斯首次参加巴克利马拉松就成功完赛，2012年不仅第二次夺冠，还创造了保留至今的52小时3分钟的成绩纪录。坎特雷尔当年曾放言："要是给我54小时，我能走出100英里。"可事实证明他输了，他这个创始人在巴克利马拉松的最好成绩也只有一圈。他没想到，他当年做不到的事情，毛内斯却做到了。

巴克利马拉松史上最伟大的参赛者是现年38岁的美国人杰瑞德·坎贝尔。他于2012年、2014年和2016年三次完赛。他曾说："在巴克利，可能一坨鸟屎都会让你无法完赛。路段陡峭，你需要用屁股顺势滑下，或抓住多刺的树枝攀爬，这不是传统用脚跑的马拉松，这简直是在与恶魔斗争。"

33年来，参赛选手中不乏世界级超难赛道的冠军选手，还有不少户外耐力达人，然而对近99%的参赛者而言，失败是注定的结果。巴克利马拉松的选手们都非常清楚，这项比赛的设计理念就是让他们不可能完赛，但他们仍然满怀热情，一次又一次地回到比赛的起点。2009年的完赛选手安德鲁·汤普森就是一个例子，他第10次挑战巴克利马拉松才获得成功。

巴克利马拉松的赛道越来越长，爬升道路越来越陡，完赛率永远无法提高。然而今天绝大多数失败者所表现的能力，早已大大超越了早年的选手，甚至是完赛者。因此有人打趣说，这项赛事也从某个角度记载了一段人类耐力极限的进化史。

"只有那些愿意冒险走更远的人，才有可能发现一个人可以走多远。"巴克利马拉松就是这样的存在。你必须跑得快，哪怕会随时崩溃；你必须睡得少，哪怕会随时昏睡；你必须在彻底绝望下开始新的一圈，哪怕你铁定无法按时完成；你必须走得更远，因为唯有更远才够远。

一次又一次与不可能抗争，与不可能的信念桎梏抗争，是这场看似简陋而荒谬的超级马拉松比赛最为激动人心和难以企及的闪耀之处。

（摘自《读者》2018年第24期）

只为热爱

子 蔷

　　两年前，我是一名投行分析师。那时，在大学同学眼中，我的职业被归入最令人羡慕的那一档。响亮的头衔，光鲜的形象，再加上丰厚的薪水，让毕业不算太久的我找不到对生活不满的理由。而自己还算出色的业绩以及上级的肯定和信任，更让我相信，只要能将状态一直保持下去，升职加薪并不遥远。

　　如今，我是一名开在小巷子里的咖啡厅的店长。尽管依然不时会有朋友表示羡慕我的生活方式，但我很确定，他们羡慕的不过是那种与咖啡厅相伴的文艺氛围，而绝不是这份既不轻松，也不赚钱，还充满了不确定性的工作。尽管父母无条件地支持我，但亲戚们在聚会时难免要向他们吹吹耳旁风，表示我放着大好的工作不干，跑去和朋友开小店，实在太"可惜"。

回想起来，让我决心走向这条"少有人走的路"的契机，正是两年前的一次出差。那时，因为项目的缘故，我已经连续当了大半年"空中飞人"。刚工作时，向来喜欢旅行的我，一度对这样的工作状态乐在其中，但没过太久，我便感到在永无止境的忙碌之中，自己的热情被飞快地消磨。

尽管我无数次造访那些人们耳熟能详的国际都市，也探访过不少地处偏远的工业小城，却几乎没有任何闲暇去欣赏风景，探索城市有趣的细节。我曾去过三次伦敦，却无缘踏进大英博物馆半步；我是河南许昌最好的那家酒店的常客，却一点儿也不知道本地人爱吃什么早点……因此，当我两年前到意大利米兰出差，领导告诉我可以自由休息半天的时候，我心中实在太过惊喜，以至于觉得这不是真的。

于是，我利用那个难得的下午把市中心逛了一遍。自己就像是上大学时最不屑的跟团游客，在知名景点之间来也匆匆，去也匆匆。夕阳西下，当我走进一家咖啡店坐下休息时，相比于旅行的快乐，更多的竟然是一种比工作还要疲惫的颓然。就在我烦闷的当口，老板为我端上了一杯散发着坚果、香草与奶油香气的咖啡，我一下子活过来了。

这杯咖啡让我想起了当年在大学时参加咖啡爱好者社团的时光。大三暑假，社团里的几个朋友决定结伴应聘去做实习咖啡师。正经学习的时候，我却为了到一家证券公司实习推掉了这个邀约。我突然有些后悔，自己当年为什么那么功利……这杯咖啡浇灭了我心中无名升起的焦虑，也点燃了被尘封已久的少年意气的火种。

于是，在那天深夜，我决心辞职，回去和好友合伙开一家属于自己的咖啡厅。经过半年的调研筹备，我正式递交辞呈，和好友共同办理了前往意大利学习咖啡制作和西点烘焙的手续。学成归来以后，历经了许多之前想到和想象不到的辛苦，终于开起了这家不算起眼的小店。

　　在旁人眼中，投行分析师与咖啡厅店长这两份工作，最大的差异大概是工作节奏和薪酬待遇——前者紧张，待遇丰厚；后者自由，收入普通。我体会到的最大差异，却是自己在应对两份工作时截然不同的心态。

　　当年毕业应聘，我之所以一门心思奔着投行而去，完全是为了赚钱这个现实目标。因此，我的工作动力并非出于对职业本身的热爱。对我而言，上级交给的工作就像是电子游戏里的任务，只要我能够按"系统"的要求做完做好，就能拿到约定好的报酬。不管我干得多么出色，在上级和客户眼中多有"工作热情"，我都不过是应付差事的工作机器。当我真正开起这家小店时，我感受到的却是一种非常真实的对工作本身的喜爱。当自己亲手制作一杯咖啡时，体会到的是一种内心的宁静和满足，而这样的工作心境，是我从事此前工作时从没有过的。

（摘自《读者》2020年第14期）

第二座山

万维钢

最近我读了戴维·布鲁克斯的《第二座山》。这本书可以说是强人哲学的现代升级版。到底什么叫强人呢？我先说几个例子，你看看你想向谁学习。

王枫从中学到大学，都是全班成绩最好的学生，一路上的也是最好的学校，毕业后当然也是供职于一家最好的公司。这几天他成了微博的热点，因为他发布了一则征婚广告，其中列举了自己的各种过硬条件，以及对女方的种种硬性要求。网友认为王枫太物质了，王枫理直气壮地回应：我是最好的，当然要找个最好的。

周琪是一位美丽的青年女性，她家庭条件很好。她毕业后决定先看看世界，再琢磨干什么。几年以来她走遍了世界各地，发在微信朋友圈的照片不是在阿尔卑斯山滑雪就是在某处钓鱼。周琪认为，人生的意义在于体验，她要趁着年轻多体验世界的美好。

马小武今年40岁，在一家医院当清洁工。5号病房的孩子得了不治之症，孩子的父亲老王眼看着一天比一天绝望。这一天，马小武打扫病房时，老王正好出去抽烟，马小武打扫完出来，在楼梯口碰见了老王。老王说："你怎么干活的？怎么到现在还不打扫病房？"马小武没有反驳，反而谦卑地说："对不起，我马上扫。"然后当着老王的面又打扫了一遍。

林肯站在乔治·麦克莱伦将军家的屋檐下等人开门的那一年，已经52岁了。他曾经狂热追求过声名和权力，现在都得到了，他刚刚当选美国总统。现在，他需要麦克莱伦出山帮他打赢内战。男仆说将军不在，林肯说没关系，他就在客厅等。一小时之后，比林肯小17岁的麦克莱伦回来了，没理会林肯直接上了楼；半小时后，男仆出来说将军今天很累，下次再谈吧。随行人员都怒了，林肯却说："礼节和我个人的尊严不重要，只要能请到一位愿意为联邦作战的将军，我可以一直等下去。"

王枫和周琪做的并没有任何不对，他们正在攀登人生的一座山。但是马小武和林肯攀登的，是第二座山。

"第二座山"是布鲁克斯发明的概念。他说人生要爬两座山：第一座山是关于"自我"的，你希望实现自我，越来越成功，获得幸福。第二座山却是关于别人的，是关于"失去自我"的：你为了别人，或者为了某个使命，宁可失去自我。

王枫和周琪代表着现代社会两种典型的生活理念。可布鲁克斯说，这两种活法带给人的幸福感是有限的。

30岁的王枫比他20岁时更无趣。你不知道他喜欢什么，他只喜欢"成功人士"喜欢的东西。他取得了很多成绩，但有着深深的不安全感。有一天听说当年那个学习成绩远不如他、整天只知道看电影的中学同学，现在成了著名导演，王枫深受打击。

周琪喜欢很多东西，可是从未真正选定过什么。在无限的自由中生活多年后，周琪有一种迷失感。

并不是第一座山不应该爬，但是布鲁克斯注意到，有很多爬完第一座山的人，现在都在爬第二座山。

第一座山讲个人自由，第二座山讲责任、承诺和亲密关系；第一座山讲独立，第二座山讲互相依赖；第一座山讲自我的成长，第二座山讲忘记自我；第一座山讲获得，第二座山讲奉献。

你肯定会说，那些主动选择第二座山的人，必定都有高贵的品格——是的，布鲁克斯认为，品格其实是当你忘记自我去攀登第二座山时所获得的副产品。忘记自我的那个状态，是值得追求的。

第二座山不是以你自己为核心，而是以别的什么为核心。第一座山追求的是幸福，第二座山得到的是喜悦。

这里的幸福，特指个人的幸福。比如你取得了成功，在竞争中获得胜利，实现了目标，提高了能力，再加上各种感官的快乐，这些都叫幸福。喜悦，则是另一种东西。

人生的喜悦一共有6个层次。

第一层喜悦是心流。你非常投入地做一项工作，而且做得特别顺手、漂亮，你进入忘我的状态，感觉自己已经和工作融为一体。

第二层喜悦是与他人关系融洽。

你在一个酒吧里坐着，音乐声响起，一个陌生人过来邀请你跳舞，你一看他就感觉合拍。你们配合得天衣无缝，完全融入音乐，你的自我意识好像消失了一样。

第三层喜悦是亲密的情感。比如妈妈第一次看到她的宝宝时的那种感觉；父亲看见孩子们快乐地玩耍，自己偷偷在旁边乐的那种感觉。

第四层喜悦是精神上的沟通。有一天，一个诗人在自家后院，发现一只鹰隼落在树上。他就那么盯着鹰隼，鹰隼也盯着他，人和动物之间的界限消失了，诗人希望那一刻永远都不要结束。

第五层喜悦是超越自我，是与万物融为一体的体验。

第六层，也是最高级的喜悦，是道德喜悦。布鲁克斯观察到，那些身上背负着沉重负担、永远都被人需要的人，他们并不是一天到晚长吁短叹，而是整天都乐呵呵的。他们的脸上永远都有喜悦之情。

喜悦来自忘我。你要是没有任何负担，不会一天到晚都那么高兴，你会感到困惑，会觉得快乐已经到上限了。世界上没有人需要你，那其实是最不幸的感觉。你要是一身负担，同时又不把那些当成自己的负担，而是完全为了别人，你会充满喜悦。幸福是变幻无常稍纵即逝的，喜悦却是深刻而持久的。

（摘自《读者》2020年第9期）

别再等来日方长

于 丹

一

在成长过程中，总有些猝不及防的变故让人扼腕喟叹：有时候，没有赶紧完成的心愿，一转眼就来不及了。

刚在大学当班主任时，我不小心把脚崴了，去宣武医院一检查，右踝两根骨头骨折了。

骨科张主任带着医生来检查，对我说："可以用保守疗法，也可以开刀。用保守疗法可以少受点儿罪，但会有后遗症，关节可能会松动。"

我说："那可不行，我左腿膝关节受过伤，就仗着这条右腿呢，您还是给我开刀吧。"

他有些诧异："我很少见到这么主动要求开刀的病人。但是，要开刀得排到下周了。"

我说："等到下周还得两三天，骨碴儿就不如现在了，争取今天就开吧。"

"那谁签手术同意书？得等你家人来。"

"不用，我自己签字。"

签完字，张主任对医生说："这姑娘的手术我来做。"

他的手细长而舒展，是我记忆中最漂亮的男人的手。我说："张主任，您的手不弹钢琴太可惜了。"他笑："所以我拿手术刀。"

做手术时，麻药有些过量，张主任问："你还清醒吗？"

"清醒。不信我给你背李白的诗。"

"那就背《静夜思》吧。"

"那怎么行！我背《蜀道难》！"所有人都哭笑不得。

术后那个星期是张主任值班，他每天来看我，和我闲聊几句。

换药时，我惊讶地发现，刀口没有缝合的痕迹，我问张主任："这是黏上的吗？"

张主任说："你这么活泼的一个人，我不能让你有一道难看的疤痕，就用羊肠线给你做了内缝合，伤口好了，线就被人体吸收了。我给你打了两枚钉子，可以让骨头长得像没断过一样。但你一年后要来找我，把钉子取出来。"

等到出院，我们已经成为朋友。他告诉我："你知道吗，我不是那周值班，我是调的班。那一周，表面上你是我的病人，其实跟你聊天时，你是我的医生，你的乐观也是可以治病的。"

忙忙碌碌间三年过去了，他一直提醒我："得赶紧把钉子取出来。"有一次他来我家聊天，说："下次我给你带一棵巴西木，屋里不能没有植物。"

我送他走后，忽然他又推开门，探身进来说了一句："你这次回来，我就给你取钉子，不然来不及了。"

可那段时间我一直在出差，我还寻思："有什么来不及的，钉子又不会生锈。"

当时，我父亲在宣武医院住院。

4天后，我从南京回来，去医院看爸爸。我和爱人骑着自行车，很远就看见医院门口全是人，根本进不去，我们只好从后门进了医院。

正是吃饭时间，爸爸欲言又止："我跟你说件事。"妈妈马上打岔："你赶紧吃饭，孩子刚回来。"后来爸爸又想说话，妈妈说："你让孩子歇口气。"

再后来，爸爸没加铺垫，说："张主任殉职了。"

我蒙了："您说什么？"

爸爸说："医院门口都是送他的人。"

我震惊，继而想起他留给我的最后的话："你这次回来，我就给你取钉子，不然来不及了。"

出了医院，夕阳西下，不远处国华商场门口熙熙攘攘。在交错的车流中，我推着车站在马路中间，痛哭失声，车水马龙都在暮色里模糊不清。

我一直记得他的手，钢琴家一样的手，这双手，给我做了不留疤痕的缝合。因为他，我家里一直养着巴西木。

二

就在张主任去世的那4天里，我出差去了南京。在那里，我得知另一个人去世的消息……1993年，我写过一篇报告文学《中国公交忧思录》，为此走访了十几个城市考察当地的公交系统。南京当时是全国公交系统的一个典范，所以我去的第一站是南京。

那是夏天，南京像火炉一样炙热。我找到南京公交总公司，书记是一名复员军人，非常豪爽，晚饭一上桌就拉着我喝酒。两杯下去，我晕乎乎的，总经理耿耿进来了。

儒雅的耿总和我握手："我叫耿耿。"我趁着酒劲儿开了句玩笑："耿耿于怀的耿耿吗？"他说："不，忠心耿耿的耿耿。"

耿总坐下来，拦住了给我敬酒的人们，静静地和我聊天。他说："明天我陪你去坐公交车。现在，南京市民出门，去任何地方倒两趟车都能到达，而且等车不超过5分钟。"

第二天，我和耿总在新街口开始坐公交车。熙熙攘攘的人群里，他说起自己和父亲最喜欢陶渊明，那一刻，周围似乎安静清凉了许多。

我们也去过一些很安静的地方，我问耿总："'潮打空城寂寞回'的那段石头城墙在哪里？"耿总就带着我到处寻找，最后找到了，那一段石头墙比千年之前更寂寞。

耿总还带我去了好些有名的和无名的古迹，每走过一座城或者一座楼，他都念叨着历史、文学的典故。那个盛夏，在一位长者的引领下，六朝古都的沧海桑田清晰地与我青春的记忆结缘。

按计划，我应该在南京采访两天，结果却待了将近一个星期。我向耿总道别："必须走了，要不然采访行程全耽误了。"耿总说："还有最后一个地方要带你去，南唐二主陵，很近。"

我从"为赋新词强说愁"的少女时代就爱抄李后主的词，但实在没时间，只好与耿总相约：下次直接去看南唐二主陵。那年春节，他打电话拜年："南唐二主陵还没看呢，今年咱们一定去。"

张主任去世的那几天，我出差去南京，一到宾馆就往公交公司总机打电话，找耿总。

总机姑娘说："耿总不在了。"

"耿总去哪儿了？"

她接得很快："耿总去世了。"

我呆住了："怎么会？！春节他还跟我通过电话呢！"

对方说："他刚走一个星期，肺癌。"

直到现在，我都没去过南唐二主陵。

很多时候，我们都以为来日方长，就如同嵇康在死前感慨：袁孝尼一直想学习《广陵散》，他以为来日方长，执意不肯教他，而今他这一走，《广陵散》从此绝矣。

生命来来往往，我们以为很牢靠的事情，在无常中可能一瞬间就永远消逝了；有些心愿一旦错过，可能就永远无法实现。

什么才是真的拥有？一念既起，拼尽心力当下完成，那一刻，才算是真正实在的拥有。

（摘自《读者》2018年第10期）

活着之上

阎 真

　　那一年，我考上了历史学博士，乘火车去北京上学。天气很热，我把车窗打开，让风吹进来。在我对面的是一位头发花白的长者，他说："我们把铺位换一下行吗？一大把年纪了，禁不起风吹。"能换到迎风的那一边去，正合我的心意。他把东西搬过来时，我发现他的枕头边有两本《石头记》，跟我之前看过的版本不一样，开本要大很多。换好铺位后，我说："小时候，我家里也有两本《石头记》，没这么大。"他说："这是影印本。"我说："《石头记》就是《红楼梦》，这我知道。这本书为什么会有两个名字？"他说："《红楼梦》在曹雪芹手中就叫《石头记》，《红楼梦》这个书名是曹雪芹死后由别人改的，大家都接受了。"

　　长者姓赵，是美国威斯康星大学研究精密仪器的教授。他一辈子最大的兴趣，不是精密仪器，而是《红楼梦》。他业余研究《红楼梦》已经三十多年，三年前退休后，就成为专业研究者了。谈起《红楼梦》，他来了兴致，连声说："伟大，真的伟大呢！"并一次次把拇指竖起来。我不敢接话，因为自己才看过一遍《红楼梦》，也就记得宝玉、黛玉等几个人。他见我不接话，就不说了。

第二天中午到了北京。下车前他送我一本书，是他写的《红楼梦新探》。我翻了一下目录，似乎是一本考据学著作。

我到学校的时间比较早，离报到还有好几天。闲得无聊，我买了辆单车去故宫、颐和园玩，这天早上又上了西山。

下午4点我从西山下来，觉得口渴难耐，前面是看不到尽头的大路，我左拐上了一条小路，进了一个村庄，在小卖部买了瓶水，仰头一口气喝完了。喝完水，我看见旁边一个人也在买水，侧影有点熟，原来是赵教授。我叫了他一声，他认出了我，惊讶地说："你也来这里了！"我说："我从西山下来，找口水喝。"他的情绪收回去一点，说："我以为你也是来这里拜谒呢。""拜谒"这个词让我感到意外。他看出我的疑惑，说："这就是曹雪芹当年写《石头记》的地方——门头村。曹雪芹仙逝以后也被葬在这里，就在这附近。"

曹雪芹以前在我心里只是个名字，现在猛地鲜活起来。我说："您是来看曹雪芹墓的吗？有故居吗？有墓吗？我想去磕三个头。"赵教授叹气说："墓？没有。故居？也没有。连身世都可以说没有。他在西山脚下生活了几年？有说4年的，也有说10年的，所以说身世都没有。离你我才两百多年啊，都飘逝了。"沉默了一会儿，他又说："他当年写作的那间茅草房，山村柴扉，满径蓬蒿，离这里应该不会超过500米，"他踩一踩脚下的地，"葬身之地也不会超过500米。我也没有依据，没有任何线索考证，我就这样觉得。我每次回国都要到这里来，这已经是第7次了。什么时候能发掘出一块小小的墓碑，那就是圣地了。"他连连叹气，"唉，唉，他太穷了，连一块碑也打不起。康乾盛世时期的一代天才，就是这样穷死的。"我心中有些沉重，说："如果曹雪芹确实被葬在这里，那没有墓碑也是圣地。"又说："这么伟大的人，怎么就没有人给他打块碑呢？"赵教授说："由此可知他当年困窘到什么地步。"

赵教授把我带到村头一棵槐树下，抚着树干，像抚摸一个孩子，说："这棵老槐树，4年前我专门从植物园请了专家来看，据说有300年的树龄了，我相信曹雪芹是看见过它的。现在到处搞开发，这棵老槐树，我想保住它，去海淀区园林局说了这件事，人家说，可以啊，你说它跟曹雪芹有关，证据呢？曹雪芹一辈子怎么活过来的都没有证据，我怎么能拿得出这槐树的证据？这也许就是与曹雪芹有关的最后一个遗迹，也保不住了。"

他请我在村边小店吃饭。坐下了，他对店主说："拿瓶二锅头来。"又望着我说："曹雪芹当年也是爱喝酒的，嗜酒如狂。"我说："陪您喝一杯。"喝着酒他说："我一辈子的愿望就是想搞清几个问题，曹雪芹到底出生在哪年？有说1715年的，那是康熙五十四年，也有说1724年的，那是雍正二年。他家在1728年正月被抄，那是有历史记载的。1724年？那抄家时他才三四岁，大观园里的锦衣玉食他怎么可能经历？没经历能写得出吗？能虚构出一个贾宝玉，还能虚构出那一大群女孩子？1715年？那抄家时他最多只有13岁，也不可能有那么丰富细致的爱情体验吧！除了天才，真的就没有别的解释了。还有，他的父亲到底是谁？再就是，曹雪芹是哪年来到西山脚下，哪年去世的？《石头记》的大批评家脂砚斋是男是女，跟曹雪芹是什么关系？八十回以后还有多少回，曹雪芹到底写完没有？这些问题困扰我几十年了，可能永远不会有答案了。"

　　他跟我碰一碰杯，说："与尔同销万古愁。"我说："实在搞不清就算了，搞清了又有什么用呢？"他说："搞清有什么用？你是历史学博士，你懂的。"我有点惭愧地说："是的，是的。"他说："曹雪芹，如果人们对他的身世一无所知，他就成了一个符号。这太对不起他了，这是天大的委屈。我一辈子的努力就是想让他鲜活起来，如果落空了，就太对不起他了。你看苏东坡一生多么鲜活啊！一个人，他写了这么一部伟大著作，为什么就不愿留下一份简历？这让我有点儿抱怨他，还有他身边的那几个朋友，为什么在他仙逝以后也不为他留下一份简历？为了这个我心痛几十年了。我一辈子的理想就是能成为一个见证者，一个伟大的天才不能无人见证。"

　　从小店出来，我问赵教授怎么回去。他说："我是不是该在这里待一晚？我来这么多次了，从没待过一晚。这是我的一个心愿，我也想感受一下雪芹当年在这月光下的心情。老了，身体慢慢不行了。这个愿望以后怕实现不了了。"交换了联系方式后，我跟他握手道别，黑暗中我发现他的眼角有泪在微光中闪动。

　　在村口我跨着车，回头看见赵教授还站在老槐树下，一只手扶着那棵树，黑黑的身影一动不动。老槐树在深蓝的天空下撑开清晰的轮廓。远处是西山，在天空之下静静地躺着，沉默着，显出千年的淡定。知了在夜色中声嘶力竭地叫着，显出千年的执着，这是曹雪芹当年也听到过的声音。

　　回到学校已经晚上11点多了。我直接上床，把《红楼梦新探》拿来翻看。赵教授漂洋过海来寻访一个逝去作家的踪迹，一定是有理由的。书不厚，我把版本考据的部分忽略了，专看与曹雪芹生平有关的部分。天刚亮的时候，我看完了，忽然发现自己不知什么时候流下了眼泪，泪水痒痒地、涩涩地停在腮边，渐渐有了一点凉意。古人的苦难在后人心中总是非常淡漠，可对经历者来说，却是日积月累寸寸血泪的承受。就在这一瞬间，通过那蛛丝马迹毫不连贯的踪迹，我似乎触摸到了曹雪芹生命的温热。这样一个曾经存在的生命，在某个历史瞬间，在某个寂寞的角落，过着困窘的日子，却干着一件伟大而不求回报的事情。他生前是那么渺小、卑微、凄清，不能不令人对天道的公正抱有极深的怀疑；可他又生活得那样从容、淡定、优雅、自信，好像是来自另一个星球的人。

这样想着，我有了一种久违的、熟悉而陌生的感动，一种曾经体验过的力量让自己从世俗生存之中超拔出来。我也曾认为这是一个知识分子理所当然的境界，但世俗生存的巨大压力将它掩埋了。经过100次的思考，我觉得那种理所当然并非理所当然，哪怕是一个博士，我也只是一个生存着的人，如此而已。既然如此，自己也就有了以现世的、自我的眼光去选择一切的权利。这是一个聪明人经过100次思考后得出的、坚如磐石的人生哲学。可是，曹雪芹不为名、不为利，他为了什么？他比我傻？我想到的问题他没有想过吗？他真是令人迷醉而迷惑。在这个阳光明媚的清晨，我那坚如磐石的信念被震开了一道细微的裂痕。

（摘自《读者》2015年第13期）

当时只道是寻常

季羡林

这是一句非常明白易懂的话，却道出了几乎人人都有的感觉。所谓"当时"者，指人生过去的某一个阶段。处在这个阶段中时，觉得过日子也不过如此，是很寻常的。过了一二十年或者更长的时间，回头一看，当时实在有不寻常者在。因此有人，特别是老年人，喜欢在回忆中生活。

在中国，这种情况更突出，魏晋时代的人喜欢做羲皇上人。这是一种什么心理呢？"鸡犬之声相闻，老死不相往来"，真就那么好吗？人类最初不会种地，只是采集植物，猎获动物，以此为生，生活十分艰苦。这样的生活有什么可向往的呢?！

然而，根据我个人的经验，发思古之幽情，几乎是每个人都会有的。到了今天，沧海桑田，无论世界有多少次巨大的变化，人们思古的情绪依然没变。我举一个具体的例子。十几年前，我重访了我曾待过十年的德国哥廷根。我的老师瓦尔德·施米特教授夫妇还健在。但今非昔比，房子已捐给梵学研究所，汽车也已卖掉。他们只有一个独生子，已在"二战"中阵亡。此时，老夫妇二人孤零零地住在一座十分豪华的养老院里。院里设施齐全，游泳池、网球场等等一应俱全。但是，这些设施对八九十岁的老人有什么用处呢？更让老人们触目惊心的是，每隔一段时间就有某一个房间空出来——主人见上帝去了。这对老人们的刺激之大是不言而喻的。我的来临大出教授的意料，他简直有点喜不自胜的意味。夫人摆出了当年我在哥廷根时常吃的点心。教授仿佛返老还童，回到当年。他笑着说："让我们好好地过一过当年的日子，说一说当年的事儿！"我含着眼泪离开教授夫妇，嘴里说着连自己都不相信的话："过几年，我还会来看你们的。"

我的德国老师不会懂"当时只道是寻常"隐含的意蕴，但是古今中外人士所共有的这种怀旧情绪却是相通的。

仔细分析起来，"当时"是很不相同的。国王有国王的"当时"，有钱人有有钱人的"当时"，老百姓有老百姓的"当时"。在李煜眼中，"当时"是"车如流水马如龙，花月正春风"游上林苑的"当时"。念及往昔，他没有别的办法，只有哀叹"天上人间"了。

我不想再对这个概念进行过多的分析。本来是明明白白的一点道理，过多的分析反而会使它迷离模糊起来。我现在想对自己提出一个问题：对于我的现在，也就是眼前这个现在，我感觉是寻常呢，还是不寻常？这个"现在"，若干年后也会成为"当时"。到那时候，我会不会说"当时只道是寻常"呢？现在无法预言。现在的我没有什么不满足的地方，但是，倘若扪心自问：你认为是寻常呢，还是不寻常？我真有点说不出，也许只有到了若干年后，我才能说："当时只道是寻常。"

（摘自《读者》2021年第9期）

忘 我

蔡志忠

我第一次来北京是1989年2月19日，当时我有两个最想见的人，一个是韩美林老师，一个是聂卫平老师，我记得还跟聂卫平老师打了牌。后来每次我到北京，一定要跟韩老师、聂老师一起吃饭，他们两位是我最好的朋友。

一个艺术家，只有他真正体会到生命之美，才能把美展现出来。我自己也是这样。城市中很多人在做自己拿手但不喜欢的工作。如果上班不给薪水，我相信99%的人不会上班。只有1%的人在做自己喜欢又最拿手的事。我选择了自己最拿手、最喜欢的事做，所以不计代价。

上个星期一位企业家问我："什么样的效益成本最高？什么样的效益成本最低？"我说："不对的人在不对的时间做不对的事，这个最失败；对的人在对的时间做对的事，这是成功典范。"人生也是如此。

人生如下棋。比如我老婆，她很小就梦想能够住在北美，因为她很不喜欢我丈母娘管她，很早就想离开她妈妈。而我很想自己一个人画漫画，所以我把我老婆安排在温哥华，把丈母娘安排在旧金山，我自己在东京。这也算是一盘好棋，三个人各取所需，都过着美好生活。

我自己在过去的30年中没有生气、没有愤怒、没有恐惧，因为我很早就开始做自己喜欢的事。我相信聂老师、韩老师和其他艺术家也一样。

我一生中做得最多的就是画漫画，目前有49个国家出版了我的书。我认为，无论是哲学、文学，还是琴棋书画，无非就是让一个人在精神上得到更好的生活。我自己是花99%的时间研究它的核心精神。

儒家崇尚人与人的和谐，道家崇尚人与自然的和谐，成功是人与自己心态的和谐。2000多年来，儒家精神无非"忠""恕"二字。什么是忠？什么是恕？忠是恰如其分地扮演好自己的角色。一个人在任何情况下都要切实扮演好自己的角色，做自己，做到止于至善。

就像一个漫画家把漫画画得很好，一棵树长得很好，一朵花开得很好……虽然不是为别人，但是别人会因此而获益。就像我画漫画，纯粹是为了满足我自己的创作欲，但是很多读者会因为我的作品而得到好处。

恕，就是儒心。当我们跟别人相处的时候，要站在对方的立场思考。推己及人当然也是其中之一，就像犹太人说的，"没有站在对方立场思考，不能下判断"。所以把自己做到最好，跟别人相处做到最好，这就是恕。把忠与恕都做到最好叫作仁。儒家的最高标准是成为仁者，道家的最高标准是成为智者。

所以人这一辈子，不要把自己看得太大，要忘我。我们要向天地学习，向自然学习，就像水，被放在银杯子里，就变成饮料，碰到障碍，就从两边冲过去。

（摘自《读者》2018年第14期）

最糟的宇宙，最好的地球

阿　饼

"我快没电了，天色渐暗。"

2018年6月，一场火星尘暴后，美国国家航空航天局（NASA）收到了来自"机遇"号（Opportunity）火星探测车的信息。随后，它与地球失去了联系。

"机遇"号原本设计工作90天，但它带着人类的期盼，独自在遥远的火星辛劳了14年——它是21世纪初火星探测的双子星之一、"子午线平原"的主人、太阳系第一深的陨石坑"维多利亚"的客人、"火星马拉松"的首个完成者、"奋进"陨石坑的征服者……如果换作人，那该是怎样孤独而英勇的一生。

当时，NASA给"机遇"号回复了一首美国经典蓝调《再见，后会有期》。歌里唱着："我们将再次见面 / 在夏日让人愉快的每一天 / 去经历

明亮鲜艳的一切 /……/ 当夜晚渐渐来临 / 我看着那月亮 / 然后我们将再次见面。"

而下一次见面，或许是在下一个14年。

2018年8月，NASA 宣称要用195亿美元在2033年将人类送上火星。但这将是一次有去无回的单程之旅——先不说火星上是否存在不明的危险，抵达火星需要200天左右，以目前的科技水平，尚无法提供大规模的物资运输，也就无法解决人类自身的生存问题。

不只是火星，太阳系的其他星球也不友好。在月球上，一个穿着宇航服的人只能存活7小时，之后会因氧气不足而死亡；在温度介于零下170℃至430℃的水星，人大约只能支撑2分钟；在超高压强的其他星球如天王星、海王星和土星，人一秒钟都活不了。

也就是说，当人类最终冲出地球，首先面临的就是死亡这道铁壁，如科幻作家刘慈欣在《流浪地球》中所说："这墙向上无限高，向下无限深，向左无限远，向右无限远。"

就算解决了在宇宙中的生存难题，人类也可能最终只得到一个"最糟的宇宙"。《三体》系列的第二部《黑暗森林》认为，如果宇宙中有任何文明暴露自己的存在，它将很快被消灭，所以宇宙一片寂静。这个结论被中国读者称为"黑暗森林猜想"。

再退一步说，即使人类顺利进入"太空大航海时代"，实现星际开拓大业，也要面对一个大问题——时间。试想，你坐上一艘巨大的宇宙飞船踏上"寻找新家园"的奥德赛之旅，在漆黑寂静的太空中飞向一个遥远的目标。出发时，它花了2000年时间加速；路途中，它保持巡航速度行驶了3000年；快到目标星球时，它再用2000年减速。飞船上一代又一代的人出生又死去，地球成为上古时代虚无缥缈的梦幻。

　　而你——星辰宇宙中的蜉蝣，当年对地球投以最后一瞥时，是否意识到自己并非什么高维度的造物主？你一辈子80~100年的寿命，还不够大陆漂移一米。与蜉蝣相比更为不幸的是，你现在就能想象到自己"朝生暮死"的图景。

　　那么，人类为何总想着逃离地球呢？

　　"'自己'这个东西是看不见的。人们撞上一些别的什么，反弹回来，才会了解'自己'。"日本设计师山本耀司说的这句话，很适合用来回答这个问题。

　　1968年12月，"阿波罗8号"上的宇航员比尔·安德斯拍下了地球从月球边缘升起的标志性照片《地出》，这是人类史上第一张能看到地球全貌的照片。安德斯回忆起当时绕行月球的情境时说："这个叫作地球的物体，它是宇宙当中唯一的颜色。"

　　有学者认为，这张照片点燃了一场大众环境运动。蕾切尔·卡森在彼时出版了《寂静的春天》，联合国则宣布了第一个"地球日"。地球突然开始占据人类的头脑，仿佛我们从司空见惯中突然警醒一样。

　　安德斯不是唯一一个从太空看到地球而感到惊奇的宇航员。最近在国际空间站上执行"远征19号"任务的巴拉特称，俯瞰地球时让他颇感震撼。他说："毫无疑问，当你从这里俯视地球时，你就会被它的美丽所折服。有两件事你会立刻醒悟，一件是你曾对它有多忽略，另一件是你多么希望能尽最大努力呵护它。"对这些宇航员来说，住在太空越久，思念人间烟火之情越浓。解决"乡愁"的法子就是在空间站里干一些在地球做的事儿，例如看电影、听音乐、上网、与妻儿通电话，甚至自己种菜、做比萨和蛋糕。1972年，"阿波罗16号"的宇航员查理·杜克在执行第三次、同时也是最后一次登月任务时，将随身携带的一张全家福照片用塑料膜裹着，放在布满沙粒的月球表面拍照留念。照片里，是他与太太多萝西、两个儿子查尔斯与汤玛斯。

现在，请重新认识一下地球给予我们的种种特权——磁场和大气层对太阳的双层防御、适温气候、一倍的大气压强、重力、食物遍地……这些因素全部都刚刚好，你才能够不穿宇航服普普通通地过着每一天。

当然，几分钟后，我们很快就会将这些恩惠忘得一干二净。

（摘自《读者》2019年第10期）

立　心

米丽宏

最近阅读时，遇到两个有趣的人。

他们的一生，让我在不惑之年拧着眉头，再次思考起人生这个严肃的话题。

这两个人，一是北宋的诗僧道潜，一是被我们称为"驴友"祖师爷的明朝旅行家徐霞客。

道潜最初与秦观交好，一次聚会中，遇见杭州刺史苏轼。道潜席上赋诗，挥笔而就，苏轼甚爱之，认为其诗句清绝，与林逋不相上下。二人遂交往甚笃，唱和往还，结为忘形之交。

之后，东坡任徐州，道潜追随到徐州。东坡改知湖州，他就到湖州。东坡遭"乌台诗案"被贬黄州，他不远千里又赴黄州。后来东坡再起，知杭州，道潜自然又赴杭州。东坡自杭调京，却又遭贬至海南岛，道潜二话不说，又要从杭州转海南相访。东坡觉得自己都可能有去无回，死活不同意他来，作书劝止道潜才作罢。

不久，道潜受牵连，被革除僧籍，受到对僧人来说最重的惩罚。一番坎坷后，东坡被召回，中途至常州而逝，道潜作悼诗数首。苏轼移葬汝州小峨眉山，道潜专程去悼念，又作悼诗数首。

这位本是弃绝七情六欲的化外之人，却心如此诚，情如此厚，厚到"一世追随"的境界。

徐霞客呢，他32年间游历了21个省；54年的生命，大半在路上。他不避风霜雨雪，不惧豺狼虎豹，三次遇盗，数次绝粮，几次险些丧命……后来一次出行时，年事已高，朋友劝他："路途遥远，凶险难测，何苦以身犯险？"

徐霞客笑道：他随身带铁锹，死便埋他。

朋友说："天地何用，不能席被；风月何用，不能饮食。你游历天下，有何意义？"

徐霞客望向远方，轻轻说：他喜欢。

他是真喜欢。《徐霞客游记》开篇写宁海天台山，"云散日朗，人意山光，俱有喜态"。情感与山光合而为一，自在自得。

最后一次出行时，徐霞客历经三年跋涉抵达丽江、腾冲一带。在那里，他双足患重疾，再也走不动了。云南地方官敬重其勇气，派车马把他送回故乡江苏江阴。不久，徐霞客长逝。

我细细揣摩二人生平，陷入的是现代人思考的窠臼：他们这一生，都做了些什么？有什么价值？他们知道自己这么做的意义吗？

譬如，道潜追随友人，游山玩水，腻在一起，虚度光阴；徐霞客呢，虽有一部游记传世，可在他生前并不为人所知。也就是说，支撑他们一生游荡的，肯定不是现世功利。

在道潜所奉的佛教看来，世界一切皆虚妄；生命，纵百年煌煌，终难逃寂灭。而他在虚妄的人生里，不执着于虚妄；像拂去泉水表层的草末般，他拂去虚妄，直抵性情本质。徐霞客呢，那个年代，男人立身讲的是功名利禄，最不济也要文动天下，他却别开一条僻径，要走独属自己的人生。

他们的人生不是被画定的模板，而是精神性的线条，令人长久回味。

但为什么我们总感觉，这样的一生，有点缺乏意义呢？

也许，问题的症结在我们。从一开始思考人生，意义与价值便成为我们最为纠结的事情。它们是藤和树般的缠绕，使我们常常混淆主干和茎蔓的关系。我们衡量价值，又总会依据它们与功名的距离、与财富的距离而判断。

我们中不少是空心人，功利而现实；我们中不少忽视了心灵，没有灵魂。

当然，两位古人不是范本，我们毋庸模仿并将其崇高化。我陷入深思，是因为他们衬得我们眼里的价值，俗气、浅薄、功利化。

而他们，呈现的是一种更高的精神力量。穿越时间，率性纯真，成为自己。

（摘自《读者》2018年第23期）

至少赢一次

连 岳

马太效应人人听说过：富者越富，穷者越穷。但理解它的人未必多。

理解马太效应非常重要，因为它可以解释世上很多事情。马太效应是人们对世界规律性的认识之一。

马太效应总是令人想到贫富悬殊，产生不愉快。其实从经济学常识来看，经济越发达，贫富差距往往越大。旧石器时代，人类的财富很平均，大家都可以捡块石头。在高度发达的市场经济下，与超级富豪比，工薪阶层都非常穷，而且差距在不断拉大。

马太效应有一些变形的表述，让人更容易接受，比如：强者恒强，弱者恒弱。比如更直白的表述：你大爷永远是你大爷。它们都表达着同样一个意思：获得领先优势的人，将有可能进一步扩大优势。你可以找到很多例证：在城市化过程中，那些领先的城市将吸引更多的资金、人才、技术，而落后的城市将失去这些；在股票市场上，优质股票的涨幅总是比劣质股票强得多，劣质股票更大的可能是一直下跌，它们二者的股价并不会平均。你仔细寻找就会发现，在人类社会的方方面面，马太效应无处不在。

既然是规律，人就应该顺应它，努力成为马太效应里的富者和强者。具体如何操作呢？有一个可以量化的指标——至少赢一次，因为这样可以告别失败者心态。

一个人在成为马太效应里的富者和强者之前，从来不知道做富者与强者的滋味，没法根据这个做出判断。所以第一次的经验很重要，只要赢了一次，第二次就会容易很多。这就是韧性和不服输的重要性。有些人很聪明，但是退缩、低自尊，要人长期扶着才能站立，你手一松，他又从墙上滑下来，聪明最终还是没用。聪明人太多，但成事的很少，其原因就在于要咬牙赢一次的狠劲并非每个人都有；相反，悲观失望，责怪他人与世界对自己不够好，却是普遍的情绪与借口。至少赢一次的任务无法完成，进而成为马太效应里的穷者与弱者。随着穷者与弱者的经验越来越丰富，躺得越来越舒服，赢一次的任务就更不可能完成了，而且他会告诉所有人，包括他的孩子，这世界上，没有赢一次这种事。他有限的格局会把自己变得更有限，就像蛇吞噬自己的尾巴。

做到第一次，总是难的。第一次赢，更难。这种难，在你的经验之外，对你来说，是无中生有，从零到一。你有各种不喜欢和害怕，总是想着要逃跑，但它是你的必要之难，无论如何，都得完成，至少赢一次。

去寻找可以给你力量的人

麦 家

在大部分"工作时间"中，我都像只病猫一样蜷在床上，或沙发上，不是读书，就是发呆。其中小部分时间在胡乱翻看，什么书刊都翻，只要是身边有的，然后大部分时间在读少数几位作家的作品——他们是我在乱翻中一眼钟情，结下盟约，至今不弃不离的。

有一段时间，我的时间都消耗在拜读浩繁的经典名著上，就像一个胸怀天下的武林新手，浪迹天涯，为的是结识各路英雄好汉。想着还有那么多山头没拜过，我不敢轻易出手——不用说，我是胆小的。换句话说，我因为胆小而有幸认识了不少英雄，仿佛我认识他们就是为了壮胆。

但是，有趣的事出现了，也许是因为我的胆量被我结识的英雄们壮大了，也许是我品行上有过河拆桥的陋德，慢慢地，我开始接连抛弃曾经膜拜的英雄们。

他们中有一部分（或人，或书），我犹豫又大胆地认为，其实并不了得，不过是浪得虚名，不过是"小人得志"——人类由于自身的局限，经常犯下鱼目混珠的错误。

还有一部分，我一方面相信他们是了不起的，他们写出了他们的伟大；另一方面我总觉得他们跟我无关，与我形同陌路，温暖不了我，无法让我燃烧起来。

与此同时，还有一些作家，他们的作品如同貌美楚楚的女子一样吸引着我，诱惑着我，让我神魂颠倒，念念不忘。我就这样并不费力就记牢了他们笔下的人物、故事、句式、语录，包括他们本人的生平、长相、趣闻等等。我对他们的兴趣和敏感，正如对兄弟一般，对亲人一样，道法自然，无须苛求。

文学固然有神秘的一面，但浩繁的经典名著并不像太阳那样，可以照耀每一个写作者。

当我这样想时，我不再被那么多的经典名著困扰，不再到处拜山头。我告诉自己：停留在你的"亲人"身边吧，反复聆听他们的话，就会听到吉祥而美妙的天籁。

正如你总有亲人，任何作家都有自己的"亲人"，不同的是，他们不像你的亲人那样是你与生俱来的，他们藏身于"茫茫人海"中，需要我们用心、用孤独、用时间、用运气去寻找。

运气属于灵敏和执着的人。文学其实就是一份最需要灵敏和执着的事业。

（摘自《读者》2021年第18期）

"长征五号"发射前的 163 分钟

胡旭东

　　我来自中国文昌航天发射场。我是2016年"长征五号"运载火箭首次发射的01指挥员，火箭发射前倒数"3、2、1，点火！"的那个人就是我。我们发射场有21个系统，分布在火箭测试、加注、发射的过程中，协调这21个系统有条不紊地运转，就是我的工作。

　　2016年11月3日上午10点，"长征五号"运载火箭已经完成液氧的加注工作，但是我们得到一个不好的消息：助推器的排气管出现泄漏。当时我马上想到了2016年9月美国太空探索技术公司的"猎鹰9号"火箭，当时它也完成了液氧加注，并在做相关测试的时候发生爆炸。我很紧张，我们面临的情况比较类似，很可能发生相同的危险事故。

　　我们安排了岗务人员去检查，他们冒着非常大的风险进入火箭，查看火箭到底出了什么问题。所幸，现场检查的结果出来之后，我们认定火箭是安全的。我们的发射窗口是当天下午6点，为了处理这个故障，消耗了一点儿时间。

我们把发射窗口往后调整了1个小时，瞄准了晚上7点01分。刚才发生的这件事只能算是一个小小的插曲，真正"精彩"的还在后面，时间来到发射前负3小时。

"长征五号"运载火箭被很多人称为"冰箭"。为什么这样说？因为它使用的是液氢、液氧这类低温推进剂，特别是液氧，可以达到零下200多摄氏度。如果想让火箭正常点火起飞，就必须提前把火箭发动机的温度降下来。

但不幸的是，在我们给火箭"退烧"的过程中，温度一直降不下来。如果在晚上7点30分之前没有办法解决这个问题，那发射就只能终止，数千人两个多月的辛勤劳动就会付诸东流。晚上7点28分，我们的岗务人员冒着生命危险，返回加注完毕的火箭周围，调整好火箭的参数之后，火箭终于"退烧"了。

处理这个故障耗费了我们很多时间，发射窗口不得不瞄准晚上8点40分。平日我们给汽车加油时要用到油枪，火箭也有类似的装置，叫作连接器。在发射前负3分钟，连接器脱落口令已经发出去了，但是有一个连接器未反馈脱落完成信号。

时间不等人，怎么办？我们临时决定再试一次，不幸的是，仍旧没有任何反应。这种状态是不能发射的，就像油枪挂在汽车上，车肯定不能开动。当时我看了一眼旁边的同事，他也一脸无奈地看着我。我给了他一个坚定的表情，示意他再试一次。非常幸运，随着一阵冰碴喷射，连接器晃晃悠悠地从火箭上掉下来了！我们离发射成功又近了一步。晚上8点40分是我们发射窗口的最后时刻，刚才处理这件事情又耽误了1分钟，那么后面的时间就不够了，最早也要到晚上8点41分才能发射，怎么办？这时，卫星设计方站出来，他们又给我们提供了20分钟的时间，也就是说，当天晚上9点之前点火发射都是可以的。这都是为了满足发射窗口的要求，为的是让卫星准确地入轨。好了，至此一切问题都解决了。

时间来到发射前负1分钟。在这之前，在判断最后一个重要的参数合格之后，我跟我的老师异口同声地说了一句："这下没问题了。"但是万万没想到，刚进入发射前负1分钟，控制系统就来了消息："请求中止发射！"这应该是中国航天史上第一次在程序进入发射前负1分钟的时候中止程序。经过十几秒的故障排查与分析，我们的程序正常了。我开始倒数："10、9、8、7……"数到7的时候我的嗓音破了，当时感觉空气都凝固了，脑子里一片空白。这一次倒数没有人再打断我，我终于松了一口气。我们再一次向成功前进了一步。

火箭起飞之后，现场的欢呼声、掌声、哭声连成一片。真是太不容易了。"长征五号"运载火箭，从测试到发射，每一步都特别艰难。据统计，像"长征五号"这种大型运载火箭，首飞的成功率只有51%，但是我们成功了，我们中国文昌航天发射场人做到了。这次首飞之前，我们进行了两次合练，为这次首飞打下了坚实的基础。

在2015年进行"长征五号"运载火箭合练的时候，液氢加注完毕后曾发生一件非常危险的事情。当时，火箭氢箱的相关管路出现泄漏。液氢非常危险，一不小心就会被引燃并发生爆炸，一根针从一米高的地方下落产生的能量就足以引燃液氢。当时泄漏的地方浓烟滚滚，氢气夹杂着白雾，从泄漏的地方喷射而出。我们的岗务人员冒着生命危险徒手将凝结在泄漏处的冰碴除去，然后把泄漏的地方封堵住，火箭才转为安全状态。可以说，我们中国文昌航天发射场的人用"九死一生"诠释了什么是使命和担当，这些都是"85后""90后"航天人的英雄事迹。

"干惊天动地事，做隐姓埋名人"是我们航天人的真实写照。

（摘自《读者》2018年第13期）

最美的月亮

王梦影

国家科技进步奖揭晓，数学家许晨阳位列其中，引发了普罗大众对数学之美的热烈探讨。

作为一个文科生，我对数学魅力的全部理解来自一位好朋友。她给我讲过一个关于月亮的故事，"你这辈子可能见过的最美的月亮"。

讲故事的时候，她在南京大学数学系读书。她说一个极有造诣的师兄研究一个问题，遇到瓶颈，日夜思索。有一夜他在操场一圈圈走着，脑内的齿轮"咔咔"运转。也不知过了多久，他竟有顿悟，仰头看见一轮圆月。四下无人，世界清明一片。

我这位朋友那时过得并不轻松，一天到晚趴在一堆稿纸上，累极了就看看头顶那盏两头有点发黑的日光灯。她开玩笑说，主修代数是因为实在不想计算了，哪知道要算得更多。

　　她很喜欢开玩笑。我问她在研究什么，她总会把话题绕到数学家们耸人听闻的八卦段子上，譬如某某在学生的葬礼上做演算。一起吃饭的时候她会捻起餐巾纸，揉来揉去给我演示不同维度上的拓扑结构。

　　许多年来，她一直在吐槽自己的专业，也在吐槽中一路从本科念到博士。只有一次，我照常嘲笑她干吗折磨自己时，她说："当然是喜欢数学啊，不喜欢为什么要学啊。"

　　毕业之后，她从事了和数学无关的工作，很快自己攒够钱买了房，生活稳定幸福。她告诉我，自己始终没有见过师兄所说的月亮，不知道那是怎样的感觉。"我可能真的缺点才华。"她说。

　　这句话，我后来也听不同的人说过。在我眼里，他们非常优秀，我一度觉得那是精英矫情、谦虚的托词，后来阅历渐长，才慢慢咂摸出这句话里的苦味。

　　学海无涯，上下求索，有太多人的才华能助他们越过平庸，看见通向卓越的大道。这是大幸也是不幸，因为往后的每一段路都举步维艰。有人说，科学是一扇窄门。不是所有喜欢数学的人最终都能成为许晨阳。

　　一位社会学博士后和我感慨，看到"大牛"发表文章，高屋建瓴、流光溢彩，让他恨不得把自己苦苦做了3年的论文一把火烧了。研究天文的姑娘正在挣扎着争取固定的研究职位，她在雨声里叹息："我不确定我有没有资格，只是不想放弃。"一位师姐说自己离校前最后一次去图书馆，"咔嗒"拉灭了桌上那盏绿色台灯。"对不起啊，我只能到这里了。"她对沉默的灯说。他们比同龄人要努力聪明。他们很好，但还不够好。

　　上个月看电影，影片中李白醉卧太液池边，念着自己的诗句哭了。他说自己的诗里不是某个具体的人，"那就俗了"，哪怕那个人真的倾国倾城。他书写不存于凡世的极致之美，并因此感动落泪。那才是"云想衣裳花想容，春风拂槛露华浓"。

或许正因为从未得见，那美才能算是极致吧。

后来我做科学报道，常常想起朋友故事里的月亮。这甚至逐渐成为我的一个套路，在描述人类智慧的极致、探索的边界时，总忍不住幻想一种平静的大美，"影自娟娟魄自寒"。

有个朋友警告我：对前沿科学尤其是冷门科学的浪漫化，其实是一种一厢情愿。实际上，我把我无法理解的扎实工作，幻想成了无限缥缈的景色。"你以为大科学家都在修禅吗？"他怒斥。

我有幸见过一些顶尖研究者。他们也焦虑，也脆弱，有时也怀疑自己，熬夜时也掉头发。他们中有很多天才，但天才也是人。

我从来都知道，那月色不靠谱。那个故事转了几遍，师兄已面目不清，所研究的问题有好几个版本。好友甚至不太确定故事的真实性——"或许是有人做题做得晕头晕脑，随意编造的。"

我只是没办法控制自己，我没见过那扇窄门后的世界，却一遍遍在脑海中补完门后那轮没人见过的月亮。

我忍不住想，红尘阔大，那些得以行至窄门口，却很久不得入内的年轻人现在在干什么？他们会不甘心吗？自己这样聪明，本该坚持下去再往前走一段。

他们记不记得少年时曾经那么热烈地迷恋一门学问，想要究其奥秘？

或许那轮月亮只能属于他们，那些一生未得见月色的人。

（摘自《读者》2018年第11期）

追星的人

郁喆隽

用一块磁铁可以做什么？

一个叫杨·拉森的中年挪威男人，从10年前开始做一件遭人讥笑的"傻事"。他找到奥斯陆市中心的一座大型体育馆，体育馆里有一个室内足球场。这座体育馆有一个巨大的拱形金属屋顶。雨水和融化的雪水会顺着这个屋顶的顶棚流到边上的排水渠里。约翰每周来到这里，手持一块用塑料袋套住的磁铁，尝试在排水渠的积水里吸出一些金属微粒。有时候他一无所获，有时候却会发现一些罕见的颗粒。这些金属颗粒叫作"微陨石"，也叫宇宙颗粒，或者说就是一块较大的陨石燃烧后的残余部分。

杨原本已经功成名就，是一个职业爵士乐手，在当地颇有名气。10年前的一天，他坐在自家花园里吃早饭，突然发现桌子上出现了一小块烧灼的黑斑，那里有一小粒闪亮的陨石。那一刻，他下定决心，要去找陨石。

每天有超过100吨的陨石落入地球，不过它们中的大部分因为太小而在大气层中烧毁，其中很小一部分没有烧尽的变成灰尘，均匀地散落到大陆上和海洋中。肉眼可见的陨石十分罕见，其余大部分是杨发现的微陨石。杨在网络上搜索到那家体育馆，它的屋顶简直就是个完美的收集器。而正是这个大屋顶激活了一个中年男人长达40年的地质学梦想……杨还和好友、地质学家杨·布莱利·基列一起拍摄收集到的微陨石。这些陨石在显微镜中被放大两三千倍之后，美得不可方物。为了拍摄这些陨石，他们在自家地下室搭建了一个摄影棚。因为没有专业的减震设备，在拍摄时他们不得不暂时离开地下室，因为人类心跳的震动也会影响拍摄的效果。没有人想到，他们用如此"原始"的方式，开创了一个学术分支。很多科学家也想从他们那里获得少见的陨石样本，因为每一粒可能都带着独一无二的天文信息。以上是2020年沃纳·赫尔佐格导演的纪录片《火球：来自黑暗世界的访客》中简述的一段内容。

正如杨所言："它们可能是世上最古老的物质，它们穿越了遥远的距离。当我用手指把玩一颗微陨石时，可以说没有人触碰过比这更古老的东西了，这简直是在凝视永恒。这些是另一个世代的灰烬，它们的历史可以一直追溯到宇宙大爆炸。"有人问杨，为什么要做这些事。他回答说，纯粹因为好奇。凝望星尘时，人不再是一粒微尘。

（摘自《读者》2021年第7期）

我看见了自己的天才

雾满拦江

1

卢苏伟，男，1960年生于台北。

他的父母都是矿工，没什么文化。8岁那年，卢苏伟病了，父母认为不过是个小感冒，就没当回事。

但卢苏伟的病越来越严重，一个月后病危，才被转到大医院救治——他得的是脑炎，因为送医过晚，脑部已经受到严重伤害。医生建议家人放弃治疗，因为即使救治过来，也可能成为植物人。

父母不懂，问医生："植物人是什么意思？还会不会喘气？"

医生回答："喘气……当然会喘气。"

能喘气就治。

果然像医生说的那样，被救回来的卢苏伟躺在床上一动不动，连眼珠都不会转。

2

过了一段时间，卢苏伟的情况有所好转，可以控制肢体，生活可以自理了。

只是他的脑子受损严重，似乎不太可能恢复了。

父母送他去上学，他也知道认真学，就是学得有点慢。

整整一年，他都在学习写自己的名字。直到小学毕业，他还经常写错自己的名字。

老师发怒了，斥责道："卢苏伟，你是猪吗？"

"猪？"卢苏伟听了大喜，站起来东张西望，"猪在哪里？在哪里？"

老师被他气得破口大骂："你怎么会笨到别人骂你是猪都不懂？你真是个脑震荡的猪！"

3

放学了，姐姐来接卢苏伟回家，老师仍未消气，连卢苏伟的姐姐一块儿训斥，把她当场训哭了。

姐姐哭着回家，告诉父亲："爸爸，今天老师骂弟弟是猪。"

父亲回答："如果你弟弟是猪，那他就是全世界最聪明的猪！别人脑震荡，是越震越糊涂，你弟弟是越震越聪明。"

这就是卢苏伟父亲的教育方法，他每天都对卢苏伟说："阿伟，你很聪明，你会越来越聪明，你是世界上最聪明的人。"

小学毕业还没学会写名字的卢苏伟，最爱听这句话。

4

卢苏伟考试，照例是得0分。但有一次，他超水平发挥，考了10分。

看到试卷，父亲兴奋地冲出房间大喊道："快来看，大家快来看，我那世界上最聪明的儿子考了10分。"

全村人聚拢过来看热闹。卢苏伟班上班长的父亲实在看不下去了，对苏伟的父亲说："你们全家人是不是脑子都有毛病？满分100，你儿子考10分，你居然高兴成这样，你们是不是没见过真正的分数？"

"真的没见过。"卢苏伟的母亲说，"我儿子今天考得好，重奖，奖励一只大鸡腿。"

班长的父亲气坏了："没见过这么宠孩子的，你看我儿子，在班上考第一名，门门都是100分，我炫耀过吗？炫耀过吗？我从来不炫耀……"一边说，班长的父亲一边拿出儿子的试卷，"看我儿子这门，100分。第二门，又是个100分。第三门，还是100分。这第四门功课……咦，这门功课怎么是90分？还有10分呢，哪儿去了？"

村民们哄笑："还有10分，不是正好跑到阿伟的试卷上去了吗？"

"你……"班长的父亲怒了，一把揪过儿子，"我让你不好好学，让你粗心大意，我今天打死你……"

长大后的卢苏伟回忆说："我永远记得那一天，考了三门0分、一门10分的我，蹲在地上幸福地啃着鸡腿。考了三门100分、一门90分的班长，被他父亲按倒在地，狠狠地抽了10下屁股。"

5

卢苏伟开始读中学了。

他自己读得开心，可是老师快要疯了。

这孩子怎么教都学不会，可怎么办呀？

他读了4年中学，换了3所学校——他参加了智力测试，智商为70。

这样的智商是真的读不了书，他被送进了启智班。

然后他开始冲刺高考。

花了7年，连考5次，他居然考上了警察大学。

读了大学之后，他仍然一如往常，怎么学也学不明白。大二时，导师马传镇觉得这样下去不行，就拿卢苏伟当学术课题研究。

研究表明，卢苏伟的短时记忆极差，无论你跟他说什么，他都记不住，而且他对数字和平面空间无感。但是，卢苏伟的分析能力很强，在整合与创造方面很有天分。

卢苏伟说："我看见了自己的天才。"

6

终于知道应该怎么读书了，卢苏伟从自己的长处入手，成绩突飞猛进。

大学毕业时，他是全系第三名。

现在，他是世界知名的潜能整合专家，是出版了30多本著作的作家。

7

卢苏伟的智商不过70，低于普通人的平均水平。

这是一条智商孱弱线，许多一事无成、以弱者自居的人，智商都远高于他。

但在这么多的高智商者中，却不乏平庸之辈，甚至有人声称自己是弱者。

卢苏伟说："做人要赏识自己，疼惜自己，爱护自己，发现自己，懂得自己，知道自己。"

（摘自《读者》2018年第4期）

致 谢

2021年7月1日，习近平总书记在庆祝中国共产党成立100周年大会上指出："一百年前，中国共产党的先驱们创建了中国共产党，形成了坚持真理、坚守理想，践行初心、担当使命，不怕牺牲、英勇斗争，对党忠诚、不负人民的伟大建党精神，这是中国共产党的精神之源。一百年来，中国共产党弘扬伟大建党精神，在长期奋斗中构建起中国共产党人的精神谱系，锤炼出鲜明的政治品格……"这些精神包括井冈山精神、长征精神、遵义会议精神、延安精神、抗战精神、西柏坡精神、抗美援朝精神、"两弹一星"精神、改革开放精神、抗洪精神、抗震救灾精神、脱贫攻坚精神、抗疫精神等伟大精神。为了与广大读者一道更加深刻地理解、感悟并弘扬这些伟大精神，我们编选了"读者丛书（2022）"作为这套丛书的第6辑。丛书以"建党精神""脱贫攻坚精神""抗疫精神""'三牛'精神""科学家精神""企业家精神""探月精神""新时代北斗精神""丝路精神""改革开放精神"为主题，从以《读者》为代表的各类报刊、图书、网站等渠道精选了600多篇精美文章汇编成书，所选文章以生动鲜活的事例印证、诠释了这些伟大精神的深刻内涵和永恒魅力，激励我们永远斗志昂扬、奋发向上。

比之往年，今年的"读者丛书"有了几点变化：一是以出版年份作为新一辑丛书的标记；二是为了满足不同读者的阅读需求，我们还增加了两个小套系：一套精选了近180篇适合中学生阅读并且有助于他们正确处理与同学、老师和家长关系的文章汇编成3册，这些文章通过一个个生动有趣的小故事阐述了深刻的人生道理，能让读者在轻松有趣的阅读氛围中享受成长的快乐；另一套则以"家庭家教家风"为主题，分别精选相关美文编辑成3册，希望我们能继承中华优秀传统，建设文明家庭，养成良好家教，树立纯正家风，营造出更加和谐文明的社会风气。

与往年一样，"读者丛书（2022）"的策划、编辑、出版得到了中共甘肃省委宣传部、甘肃省新闻出版局以及读者出版集团、读者杂志社等各方的指导和帮助，在此深表谢意！与此同时，丛书的编选也得到了绝大多数作者的理解和支持，他们对作品的授权选编和对丛书的一致认可解除了我们的后顾之忧，对此我们表示诚挚的谢意！虽然我们尽力想把工作做得更细致、更扎实，但因为种种原因依然未能联系到部分作者，对此我们深表歉意，也请这些作者见到图书后与我们联系。我们的联系方式是：甘肃人民出版社（甘肃省兰州市曹家巷1号新闻出版大厦14楼，730030，联系人：李青立，13919122357）。

"江山无限好，祖国万年春。"编辑出版"读者丛书2022"，我们希望与广大读者一起继承和弘扬这些伟大精神，把伟大祖国建设得更加美好。

读者丛书编辑组

2022年8月